大城北京
百年成长记

王春元 编著

中国青年出版社

(京)新登字 083 号

图书在版编目（CIP）数据

大城北京百年成长记 / 王春元编著 . —北京：中国青年出版社，2021.9
ISBN 978-7-5153-6521-3

Ⅰ . ①大… Ⅱ . ①王… Ⅲ . ①纪实文学－中国－当代
Ⅳ . ① I25

中国版本图书馆 CIP 数据核字（2021）第 182703 号

责任编辑	侯群雄　张睿智
封面设计	刘红刚
内文设计	李　平
出版发行	中国青年出版社
社　　址	北京东城区东四十二条 21 号　　邮政编码：100708
网　　址	www.cyp.com.cn
门 市 部	010-57350370
编 辑 部	010-57350401
印　　刷	北京中科印刷有限公司
经　　销	新华书店
规　　格	710×1000　1/16
印　　张	19.75
字　　数	255 千字
版　　次	2021 年 10 月北京第 1 版
印　　次	2021 年 10 月北京第 1 次印刷
定　　价	66.00 元

本图书如有印装质量问题，请凭购书发票与质检部联系调换　联系电话：（010）57350337

序　言

我们·北京·100年

我们是一群干电视的人，工作在一起20年了。这几年总是与一些重大历史节点撞个满怀，于是有了一系列的电视作品呈现了出来。2008年是北京奥运会，也是中国改革开放30周年，我们有了大型纪录片《转身——一起走过30年》（获中国纪录片金奖）。2009年是新中国成立60周年，我们创作了大型电视活动"第四届北京影响力"，于是有了大型晚会"大城北京"。2018年是中国改革开放40周年，我们创作了大型纪录片《生于1978——一起走过40年》。2019年又逢新中国成立70周年，我们创作大型电视活动"第九届北京影响力"，于是有了大型晚会"少年北京说"。

今年是中国共产党成立100周年，我们有备而来，可谓十年磨一剑，本着记录历史、创作精品的决心，又一次推出了大型城市纪录片《旗帜——北京城市发展百年巡礼》。它是以100年来北京城市发展为核心主题的大型城市纪录片，正因为此才有了这本《大城北京百年成长记》的编辑出版。

500天的创作周期（经历了北京两次疫情的突发），15个重点行业（衣、食、住、行、水、电、气、热等）的百年精细梳理，50个重点企业的百年巨变，100位共产党员的口述史录，30万字的心力书写，600分钟的全景式呈现……于是一部波澜壮阔的北京百年城市发展史呼之欲出，大城北京跨越时空的百年成长记就此写就。

平心而论，这些重要的电视创作活动没有人可以强制我们去做，只是出于职业和时代的感召。电视行业是一项高智力、高体力、高投入的文化产业，缺钱是一个天大的事，我们这些人费尽心力和体力地去实践了、完成了，回过头来看看10年是收获满满的值得和欣慰，至于职业理想和历史荣幸，我想也是应有之义了。

我们是一个创作团队。说到纪录片创作，它就不是一个英雄豪气干云天的事，而是大家齐心协力拧成一股绳做的一件事，缺了任何一个环节都将前功尽弃。有的人去拍春暖花开、冰天雪地，有的人去查找历史档案，有的人奋笔疾书，有的人筹措钱粮，有的人做道具制景，有的人采访联络，每一个人都是别人的台阶和肩膀，一步一个脚印，埋头耕耘不问收获。眼中是百年的历史，心头是炙热的理想，就这样相互依存、艰辛跋涉了500多天，我们把心中的旗帜高高地举过了头顶，我们每个人都在拿自己的身体来丈量这段历史，但仍然有个体生命不可跨越的局限性。我们锚定了15个行业，也反映了15个行业的一些人在100年中的历史命运和生存路径。我们在记录历史，被记录的历史中的他们也在回望自己和自己的前辈们所经历的百年沧桑，我们和他们，相互关照、相互认知，一起被这段历史淬火。

为了尊重历史和不出现偏差，我们还邀请了几位重量级的策划和顾问审稿把关，特别要说的是解放军报社原社长孙晓青将军，年近70，逐字逐句地审核了30多万字的文学脚本，在一些特别重大的事件、人物、年份和历史依据上都做了认真的核查、核实，让我们这些平均年龄40多岁的电视人少走了许多弯路，省去了许多不必要的困惑。毕竟这是我们刚刚经历过的百年历史，百年对每一个个体生命而言都是无法丈量的时间鸿沟。

我想说的是在当下的时代语境里，在以流量为主导的"天下武功唯快不破"的速成氛围里，在光鲜亮丽的成功学泛滥的背景下，有人却埋头于故纸堆、翻阅历史档案、定格历史影像、醉心于文字书写，用时间和流水守护时代的中正，那种由耐得住寂寞的孤独而产生的高贵，是我们时代的稀缺品。在这里我们不得不说，任何时代总需要一份人生是货真价实的不言。

百年在人类历史长河中是沧海一粟，但百年历史是由无数的历史细节和场景构成的，当我们面对一段真实的过往并把它带回历史现场时，你无法速览和过滤，三两分钟的短视频无论如何也不能够凝练历史到至情至理的境界、到昨日重现的情怀中。所谓忘记历史就意味着背叛。总结一部百年的中国共产党人的奋斗史、发展史，如果浓缩成两三分钟的短视频，那被过滤的历史给我们的重要启示和精神境界则是空谈。只有大篇幅、大体量的真实内容的呈现，才可以承载这惊世骇俗的100年。同样，只有宏大的历史视野、背景和叙述方式，才有波澜壮阔的历史画面的呈现。

我们就是这样一支醉心于记录历史真实性的团队，我们不仅为这座城市留下了600分钟精雕细刻的历史影像，还用字斟句酌的生命折抵完成了30万字的百年书写，无论从个体生命的哪个方面去说，这都是一件此生无憾的大事。

20多年来，我们倾心于表达和致敬北京这座城，是因为它深沉博大的土地滋养了我们的性灵，还因为在这个极特殊的历史交汇点上，我们有了感受一座城的更独特的体验。

北京，是首都，是全国人民心中的一座大城。北京很大，大得让你很难找到存在感，那些整日奔波在北京的外乡人，在淘换生活的艰辛日子里，对于这座城的疏离感本能地随时泛起。我们这个团队中的绝大部分人都不是土生土长的北京人。主编张燕来自西安，她完成了建筑、商业（上、下）三集的编导任务，她说："我在北京生活了20年，总觉得融入不了北京，那种漂泊感仿佛与生俱来。在这次纪录片的拍摄中，在无数次夜不能寐的打量和思考这座城市中，我逐渐地找到了自己，我知道我为什么来北京，我越是了解这座城市，越觉得它越吸引我,这使我对这座城市的表达得到了升华。我只有由衷地爱上这座城,才能更好地表达它。"

北京,这样一座伟大的城市,从来都不缺少惊世骇俗的奇迹。

不要说三千年的燕蓟都城的慷慨悲歌,

不要说一千年的辽南京、金中都的雄奇伟岸,

不要说八百年的元大都的华丽富庶,

不要说五百年明清紫禁城的宏大庄严。

20世纪50年代,一位伟人曾站在天安门城楼上抒怀畅想,从这里望出去,将来的北京满眼都是烟囱林立的高大厂房。与之相对的是一位哲匠的扼腕叹息,望着北京城日渐凋敝的古老城垣,透过东西单的牌楼,感喟于老旧帝国落日余晖下的凄美,他满心希望重建一座新城,留下这份历史的遗韵。

面对这座千人千面的伟大城池,每个人都跨越不了自我生命的局限和历史视野的逼仄,俱往矣,这座城又跨过了100年。从来没有一座城能像今天的北京一样,三千年屹立不倒、威风八面,成为新的世纪领航中国城市发展的一面高高飘扬的旗帜。还是那句话,北京是建于精神之上的一座大城,没有一个人可以伟大得过一座城!

100年,从1921年到2021年,是一个在中国共产党领导下全新的共和国从诞生到发展壮大的100年,苦难中觉醒、苦难中探索、苦难中奋强、苦难中开花。面对这筚路蓝缕、不屈不挠的100年,如何表达是我们这一代媒体人的历史命题,如何用画面和文字去呈现它,我们有了自己的主张。1949年前是缘起和历史场景的带入,重点放在了新中国成立后社会发展的70年,70年中的重点又是改革开放的40年和新时代的10年。

北京既是中国的首都,也是70年来中国社会发展和社会进步的浓缩体。很少有人把观测历史的重点放在与普通人生活密切相关的社

会生活层面。对于这座气象不凡的大城市而言，生活品质的变化应该是宏大叙事背面的最大关切，实际上是人活着的本质需求——生活便利、幸福感、获得感、自信心。于是我们聚焦了衣、食、住、行、水、电、气、热，外加绿化、高科技、商业环境等15个大的方面进行重点叙述。翻看中国的历史，战乱多于祥和，中国历史上从未出现过长达40年的全民财富运动，这场运动激发了中国人骨子里对富裕生活的本能向往，国富民强由此而来。

就个体感受而言，变化是这个时代最大的不变。那些跟我们的生活密切相关的场景和生活方式，是存于我们历史中的经脉和纹路，如今早已被变化淹没了。现在的"90后""00后"的孩子们，是永远不知道澡堂子、水票、布票、镗炉子、蜂窝煤、粮店、电报、煤油灯等这些历史遗物为何物。这40年来，有些变化是超乎了人们的想象的，30年前家里装的电话是个稀罕物，今天很少有人用家里的固定电话了。更难以想象的是纸质钞票，现如今装在身上几个礼拜都花不出去，我想再过若干年，人们想不起用纸币了，就像现在想不起去澡堂子洗澡，是一样的。

历史不是钩沉和回忆的，而是继往开来。今天你可能无法想象100年前北京老百姓出行的场景，在一本名为《北京乎》的书中收录了很多老北京生活的场景，其中有一段生动描写了朱自清先生先坐轿车、步行，然后骑驴去潭柘寺一天的辛苦出行。现在一脚油门，一个小时的车程足矣。出行的改变可谓"坐地日行八万里，巡天遥看一千河"。其实长久以来，中国的交通史就是一部记录了双腿、马蹄和人力车轮艰难跋涉的历史。

北京的有些变化是历史性的变化，自隋代开通京杭大运河以来，"南粮北运"就是它的最大的历史功绩，然而就在2020年，"北粮南运"扭转了这千年的漕运历史。北京的变化还在于园林绿化、海晏河清。建国之初，北京仅有中山公园、北海公园、天坛公园、颐和园等

8处著名的公园；今天居住在北京，出门500米的范围内必有一座街心公园，全城总量超过500座，可谓冠绝全球。

马尔克斯的《百年孤独》写了100年里一座城和一家七代人的变迁，翻过100年，一个全新的世界又开始了。因此，书里才有了那句著名的话："世界如此之新，一切尚未命名。"在过去的几千年的历史长河中，人的寿命能到40岁就算寿终了。1949年前，北京人的平均寿命还不到40岁，可以想象一个人成年以后真正做事情的时间最多也就20年，所以百年可以承载五代人。今天的北京人的平均寿命已经达到了81岁，百年之长也装不下三代人的家族梦想和生活经历，所以时间在加速、空间在缩小，历史的瞻望也变得高远而深邃，人们少了局限性，就有了更大的企图心和对更美好前景的向往。"长风破浪会有时，直挂云帆济沧海"，我想这是对活在当下的中国人最大的鼓励和褒奖。这100年，有些变化是时间上的，有些变化是空间上的，有些变化是全地球人的，有些变化不可想象，好在我们还有时间静观其变。

王春元
2021年5月8日

目 录

引　言	// 001
第 一 章　一口水心系百年	// 005
第 二 章　首都电力百年	// 029
第 三 章　天下粮仓　粮藏天下	// 055
第 四 章　人民之城	// 079
第 五 章　从一条线到一张网	// 105
第 六 章　小餐桌，大时代	// 127
第 七 章　北京的绿水青山	// 147
第 八 章　美哉工美	// 165
第 九 章　北京味	// 191
第 十 章　北京造车梦	// 211
第十一章　温暖一座城	// 233
第十二章　穿在身上的百年历史	// 257
第十三章　百年商业：繁花似锦满京城	// 275

引 言

1921年，辛亥革命后第十个年头，中国依然受困于内忧外患、积贫积弱的局面。在这一年，在上海一幢砖木结构的旧式石库门住宅里，中国共产党诞生了。为中国人民谋幸福，为中华民族谋复兴，成为这个彼时只有50余名党员的初生的党的神圣使命。

"我们有一个共同的感觉，这就是我们的工作将写在人类的历史上……让那些内外反动派在我们面前发抖罢，让他们去说我们这也不行那也不行罢，中国人民的不屈不挠的努力必将稳步地达到自己的目的。"1949年9月21日，中国人民政治协商会议第一届全体会议在北平中南海怀仁堂开幕，一个豪迈的声音响彻了整个会场。在这一年，依然年轻的中国共产党带领中国人民站起来了，开启了中华民族发展的历史新纪元。

时至2021年，一百年过去了，中国共产党发展成为世界上最大的政党，拥有党员人数9500万之多，并领导着世界上人口最多的国家，被誉为当今世界最有政治组织能力和影响力的政党。在这一年，中国共产党迎来她的百岁生日。

历史是人民的回忆。从那时到现在，人民不会忘记，我们的党经历了怎样的曲折探索，用70多年的时间，使中国成为世界第二大经济体。回望一百年，那面高高飘扬的旗帜非但没有褪色，反而更加鲜亮、夺目，因为它义无反顾地扛起了民族复兴的大业，照亮了国家前进的方向，使亿万中国人获得了幸福感。

人间正道，沧海桑田。影响北京百姓生活的水电气热、衣食住行等行业，正因为这面旗帜的伟大引领，才有了突飞猛进的发展，使人民真切地感受到了党在百年的成长与发展中不断增强的吸引力、凝聚力和战斗力，以及那颗赤诚的、永远不变的初心！

回望一百年，让我们把镜头聚焦在北京这座城，让这座经历了历史沧桑的城池来讲述它的百年变迁。

大 城 北 京 百 年 成 长 记

1921
—
2021

第一章 一口水心系百年

水是生命之源，饮水更是一个永恒的话题。北京的历史，也与水有着千丝万缕的联系。从东周时的第一口水井到明代的高粱河水系，从清末的第一股自来水到本世纪的南水北调，无论是老北京人还是新北京人，心中都有着一股饮水情结。现在打开水龙头，就会有清澈干净的自来水涌出，对此我们已经习以为常，但在一百多年前，这对京城的百姓来说可谓天方夜谭。

水是生命之源，饮水更是一个永恒的话题。北京的历史，也与水有着千丝万缕的联系。从东周时的第一口水井到明代的高梁河水系，从清末的第一股自来水到本世纪的南水北调，无论是老北京人还是新北京人，心中都有着一股饮水情结。现在打开水龙头，就会有清澈干净的自来水涌出，对此我们已经习以为常，但在一百多年前，这对京城的百姓来说可谓天方夜谭。

一百多年前的中国贫穷落后，连喝水也分三六九等。紫禁城里皇室成员的饮用水，需要每天从玉泉山上取得，然后由插着小黄旗、盖着明黄布的水车运回。普通百姓只能从井中汲水饮用，而那些井水多为浅层地下水，大部分井是苦水井，偶有一口甜水井，也是供有钱人享用的。因此，在那个年代，北京城随处可见的是土井、水车，还有穿梭在大街小巷卖甜水的水夫。

那么，清末的第一股自来水从何而来？

1908年，京城连续发生了几起火灾，由于扑救不及时，造成了非常大的损失，慈禧太后为此忧心忡忡。就在这个时候，任军机大臣的袁世凯进宫议事。他刚进殿不久，就有一个小太监匆匆来报，说宫廷某处失火。这更是让慈禧太后一脸不悦，她随口问袁世凯："防火有何良策？"没想到，袁世凯精神抖擞，立即回答："以自来水对。"当年3月，清农工商部正式上奏请建自来水厂，不到10天，这份奏折就得到了批准。

自洋务运动以来，很多有识之士也多次向朝廷建议兴建京师自来

| 20世纪30年代北京街头的水夫 |

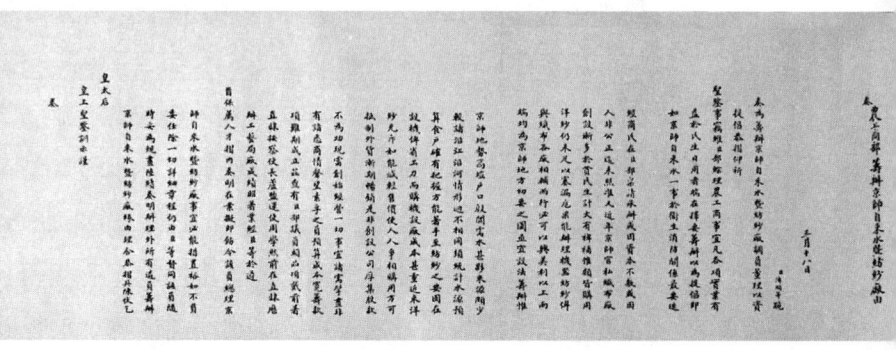

| 1908年3月,清农工商部呈上的请建京师自来水公司的奏折 |

水设施，但最后都因为种种原因而搁置。那么，在这次的奏折中，是什么让慈禧太后眼前一亮，继而如此快就决定了此事？这是因为，农工商部不仅提及自来水的使用之便，还提出了一种新的方式集资兴建，并且推荐了一个人，他叫周学熙。

周学熙是近代非常有名的实业家，他积极倡导发展民族工业。1908年4月，京师自来水股份有限公司正式成立，成立之初的性质为"官督商办"，周学熙被任命为公司首任总理。周学熙上任之后，马上招贤纳才，组建班底，开始自来水厂的筹建工作。建自来水厂需要买设备、建水塔、铺设基础管线等，为了解决资金问题，自来水公司采取公开募股的方式集资，集30万股，每股10元，共300万银元。在股金未集齐以前，由天津银号先行垫款，之后由农工商部每年筹拨15万银元，作为公司的保息。

招商集股，其实就是清政府用民间的资金来解决建厂的问题。发行股票，这在今天算是人人知晓的事儿，但对于刚刚进入20世纪的京城却仍是头等"新闻"。

当时自来水公司招商集股的章程上明文规定，只招华人入股，不附洋股，体现了对民族工业发展的支持，因此得到了广大民众的积极响应。很快，用于建厂的资金便筹集完成。

资金到位了，自来水公司正式营业。这时候，找水源成了首要任务。于是周学熙带人到多地勘查，最终把安定门外沙子营北面的孙河确定为京城水源。孙河水源充沛，且距离选址在东直门的自来水厂较近，仅20公里，这就解决了水源到水厂的输配问题。

不过，要想自来水流到千家百户，还必须铺设自来水管道，而铺设管线，必须穿墙过户。这样的施工，老百姓认为是破坏风水，皇亲贵胄更认为是大忌，如何是好呢？无奈之下，周学熙只好请求农工商部会同民政部、步兵统领衙门帮助自来水公司解决这个难题。经多方通力合作，1910年3月，京城第一座自来水厂——东直门水厂正式建

| 京师自来水股份有限公司总理周学熙（中）|

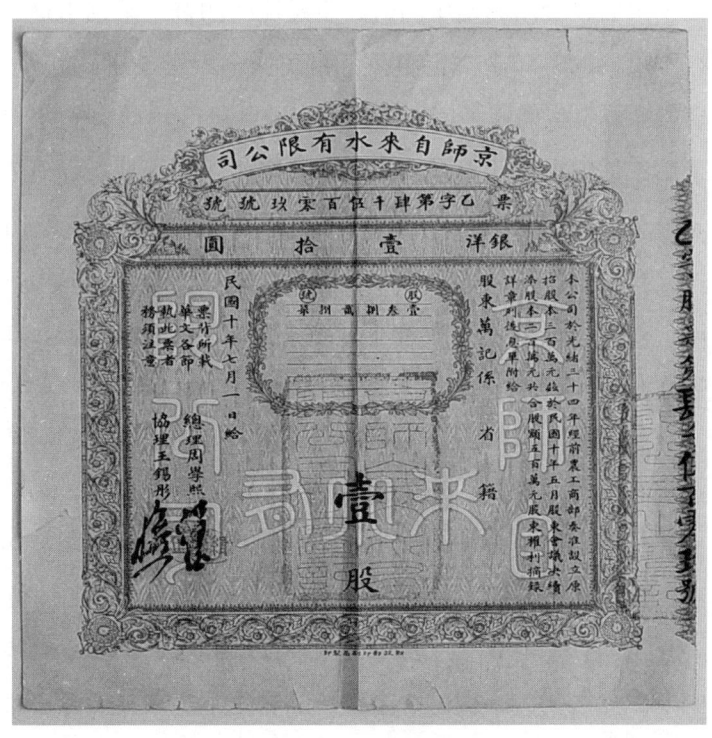

| 民国十年（1921年）京师自来水有限公司乙字第4509号股票 |

成。水厂创建初期,全市铺有管线约200公里,设水龙头480个。

东直门水厂建成通水后,采用三种方式售水:第一种是在街头巷内安装公用水龙头,凭水票取水;第二种是雇用水夫送水到户;第三种是直接把自来水管引到居民家中,安装专用水表计量用水。

自来水的销售在一开始便陷入了困境。自来水是通过水厂的水泵加压打到供水管网里面,再从水龙头放出来的,由于压力产生了一定的变化,水里带有一些气泡,气泡多了以后,水就会呈奶白色。很多居民看了之后,觉得是"洋胰子水",心里疑惑重重:这水怎么能喝呀?可见,这种新鲜事物还没有得到百姓的认可。

为了消除人们的顾虑,作为京师自来水股份有限公司总理的周学熙颇费苦心,在《白话报》《爱国报》《北京日报》等各大报纸上,用文言文和白话文分别刊登广告:"我们公司办的这个自来水厂,全集的是中国股,全用的是中国人,不是净为图利。只因水这个东西,是人人不可离的,一个不干净,就要闹病,天气暑热,更是要紧。"这则广告实际上也体现了周学熙本人"经营之道,不光在利"的经营理念。最后,周学熙还让自来水公司免费送水一个星期。经过尝试后,用户觉得这水不但质量好,而且方便,便逐渐消除了对自来水的疑虑。

在北京市自来水集团原新闻发言人梁丽看来,自来水是文明生活的一种象征,但其科普确实需要经历一个过程,人们是在使用中不断加深对它的认识的。

从井水到自来水,从苦水到甜水,每一步都充满艰辛。尽管当时自来水还不能为所有人享用,但它从无到有的过程,却构成了一段历史、一段记忆,更是一个开始。京师自来水股份有限公司不仅在北京建水史上开了先河,在我国近代经济史上也占有重要的位置。

然而,从1908年到1949年,北京自来水业的发展步履蹒跚。新中国成立之初,东直门这座唯一的自来水厂,只满足了京城部分的用水需求,还有70%的人喝不上自来水。对京城百姓来说,能够饮用到

| 京师自来水公司孙河水厂平面图 |

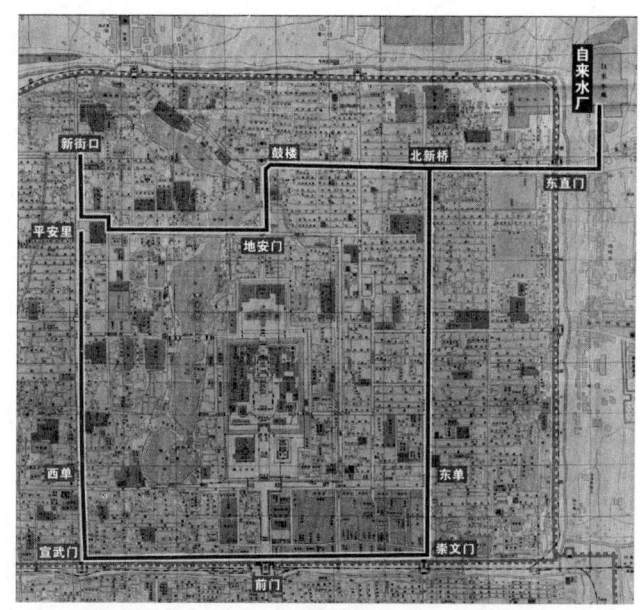

| 京师自来水公司创办初期供水管线示意图 |

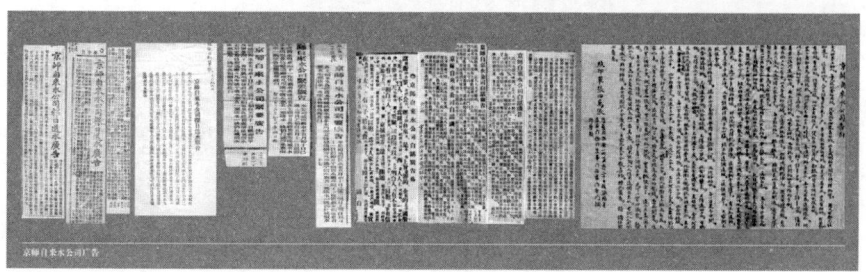

| 京师自来水公司广告 |

清洁的自来水，依旧是他们最重要和最期盼的事情。而最终让北京自来水业走上快速发展之路的，是一张"代管令"。

1949年1月31日，北平宣告和平解放。3月17日，接管政权仅一个多月，中国人民解放军北平市军事管制委员会颁布《将自来水公司由市人民政府代管令》，其中这样写道："查自来水事业关系到市民生活，极为重要，自应妥为经营，力求改进，以副全市人民之期望"。同时，决定北平市自来水股份有限公司更名为"北平市自来水公司"，接受北平市人民政府企业局领导。

党和政府对京城居民饮用水状况极为重视，积极地开展第二水厂的突击建设。第二水厂的原名是安定门水厂，这座水厂的修建经历了一段漫长的岁月，有人称它是新中国自来水梦开始的地方。早在1942年，安定门水厂已经开始筹建，但过了7年之久，一直没有建成。新中国的成立给人们带来了幸福感，极大地激发了大家的热情和潜力，在人民政府的领导下，仅仅3个月的时间，国民政府花了7年都没有建成的安定门水厂就顺利竣工。所有建设者的心情都非常激动，他们永远都会记得安定门水厂正式投产供水的日子——1949年5月1日。可以说，安定门水厂是北京自来水业的一个新的起点，也标志着新中国在党的领导下腾飞的一个起点。

随后，北京的自来水业迎来了高速的发展，7座水厂相继建成。1950年，北京市政府克服新中国成立初期经济上的重重困难，决定每年拨出上百万元的资金，建立公用水站。市政府首先将崇文区的龙须沟、金鱼池等4个区域作为第一批公用水站的试点，开始普及城区自来水，并以此拉开全市普及供水的序幕。接着，市政府又下发了一个文件，开启"水站进院"工程，这项工程在20世纪70年代被称为关系到百姓生活的重大工程。

到了1976年，北京全市全面普及了公用水站，且每一个水龙头下面都有一块水表计量用水。自来水公司要根据水表的记录来收费，

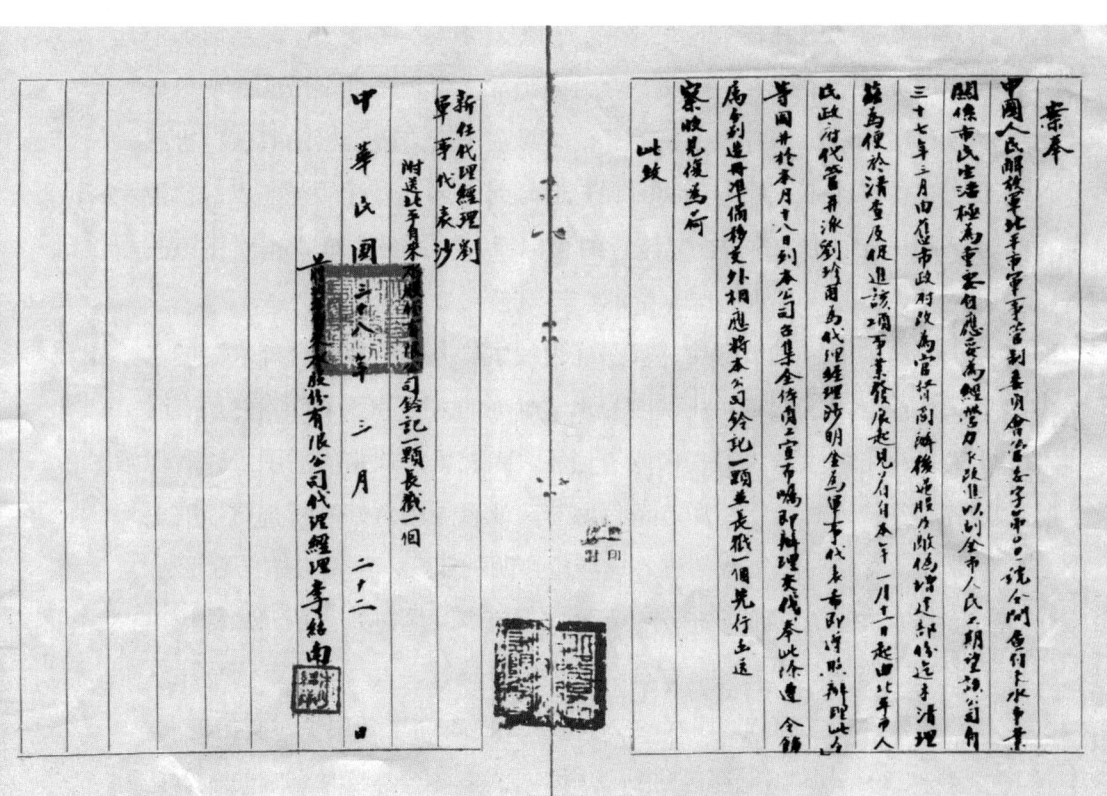

1949年3月17日颁布的《将自来水公司由市人民政府代管令》

所以后来又有了查表工,一直延续到今天。

"'查水表嘞',"侯占起说,"当时就是这样,走街串巷,串百家门。"

现为北京市自来水集团市区营销分公司生产计划科科长的侯占起从事查水表工作已有37个年头,回忆起过往,他依旧清晰地记得他的师父对他说的一句话。"就是查表准确,计费要合理,国家满意,用户得欢喜,这几样我记忆犹新,到现在不忘,37年了。"从前那个懵懂的徒弟成了今天的师父,今天的师父又带领一批批懵懂的徒弟成长。侯占起经历了查表工具的迭代,见证了自来水价格的起伏,也感受过这份工作带给他的人间冷暖,但是无论走过怎样的蹉跎岁月,他永远把一句话挂在嘴边:"该查的表你得查,而且查准、查对;该收回的钱,得收,这水是国家资源。"

京城的冬天比较寒冷,那些冻裂的水管,那些披着"外衣"的水龙头,那些自发地端着热水壶为水管解冻的大人和孩子,当然还有时不时传出来的哄堂大笑,构成了当年大杂院里的饮水生活图景,看似琐碎,却让人在若干年后,依然回味。北京城的百姓终于都可以喝上自来水了!这是划时代的进步,城市文明的体现,生活方式的巨变!

1978年,十一届三中全会召开,标志着我国进入改革开放的历史新时期。改革开放之后的首都北京,经济发展,人口增多,人均用水量逐年攀升,人们对饮用水的要求也从对量的需求转向了对质的追求。

1976年,我国颁布《生活饮用水卫生标准》,当时实施的水质指标是23项,后经过若干次修订,目前最新的标准中水质指标多达98项。随着饮用水卫生标准的出台和修订,京城的饮水质量逐年提升。在这期间,北京市自来水公司与市政工程设计院等相关研究部门合作,进一步改善水质净化的方法,为提高水质净化效率付出了巨大的努力。

此外,自20世纪80年代中期,从百姓饮用水安全的角度考虑,北京市政府批准将密云水库作为自来水的水源。北京市自来水公司逐步加强对几大水源地的水质检测,并在这些地区设置了44个取水样

| 北京第二水厂（原安定门水厂）|

| 北京市民在街边公用水站排队打水 |

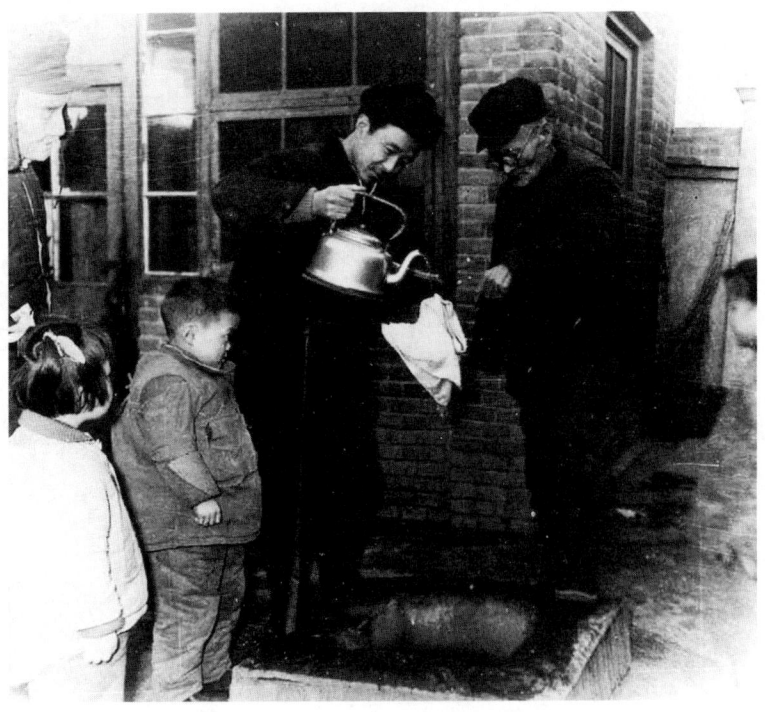

| 冬季北京居民用开水为院内的自来水管解冻 |

点,严格按照国家标准进行水质检测。

据北京市自来水集团水质监测中心主任杨川介绍,目前北京市自来水集团有能力检测210项指标,远远超过了国家规定指标的数量,并且在水处理方面做了很多的工作。

谈到老北京人对早期生活用水的感受,梁丽说,大家对自来水特别放心,很多人儿时打开胡同里或家里的水龙头,直接用嘴接水来喝,觉得当时北京的自来水特别甘甜。

这样的生活场景对于很多住在平房的北京人来说非常熟悉,司空见惯,似乎生活原本就是这个样子。但是,看着哗哗直流的自来水,很少有人会想到北京的地下水资源正在逐渐枯竭。

"地下水是有一定规模的,"梁丽说,"你要是连续打,连年不断地打,也有地下水位逐步下降的一个趋势。"

为了彻底改善北京市缺水的局面,1986年5月,北京市政府决定建立北京最大的地表水厂——第九水厂。它以密云水库为主要水源,占地面积40万平方米,分三期建设,总投资60亿元人民币,被列为国家和北京市重点工程项目。

"当时这个厂子建的时候,它的规模很大,100万吨,就是每天(供水)100万立方米,而且很多的设备都是以前没有的设备,当时在全国的水行业里面也是没有的。所以很多的东西都是一种(充满)挑战性的状况。"第九水厂原厂长陈克诚回忆道。

种种未知不免让很多人担忧,但是更令人着急的是想学却无从下手,因为根本没有教材。当时已有涉及给水工程、电工原理等内容的实务教材,但都不是针对第九水厂的,水厂只能着手编制适合自己的教材。

第九水厂展览馆展示了该水厂的发展历程,其中有一件富有年代感的物品特别引人注目,那就是原始版的自编自制教材。"这个东西已经很古老了,"陈克诚介绍道,"我们当时就使油印机来印,总共印

了500套这样的教材。因为这个教材不光是350名学生学,包括我们老师、管理人员,都要每人有一册。现在再看已经过去35年了,培养(的)这300(多)个人已经遍布了自来水集团的所有岗位,还有为公司输入了一些管理人才。"

有了教材,培养了一批人才,第九水厂的建设也在加班加点地进行着。为了尽快缓解北京供水紧张的局面,上级要求第九水厂一期工程必须在1988年7月1日正式通水。这个消息让所有人都非常紧张。

遥想当年,第九水厂第一批员工之一、现为北京市自来水集团供水运行调度中心主任的马宝光还清楚记得厂内热火朝天促通水的情景:"通水前二十几天里头,我们当时称之为通水前的冲刺,(有)大量的工作要做,设备的调试,了解工艺运行的情况,设备的安装、验收等等都在进行,夜以继日。当夜幕降临之后,每个供水的构筑物、供水的生产车间,灯火通明。"

在正式通水的前一天,马宝光和他的同事们很紧张,不过,虽然身体很疲惫,但是躺在床上的时候,他们还是激动得睡不着,眼看着太阳渐渐地升上地平线,温暖的阳光把整个水厂照亮。据马宝光回忆,第九水厂正式通水当天举行了一个通水仪式,现场四周彩旗飘飘,参加仪式的有市里和相关部门的领导,还有建设者们、运行者们。

随着一声通水命令的下达,第九水厂优质合格的自来水开始送入管网,也终于流入了京城百姓家。从1988年到1999年,第九水厂共完成了三期的建设,成为亚洲最大的地表水厂,从根本上缓解了北京用水紧张的状况。1999年,北京市自来水公司进行改制,成立了北京市自来水集团有限责任公司。改制后集团进一步对现有的水厂进行了挖潜改造,目前第九水厂日供水能力达到171万立方米,约占北京城区供水量的半壁江山。

一个城市如果没有水,就好比生命失去滋养,就谈不上生存,更

| 第九水厂自编自制的教材和油印工具 |

谈不上发展。饮用健康优质的水，是人类最古老的生存愿望，而这一愿望造就了多少奇迹！

南水北调工程是许许多多的奇迹之一。在这个奇迹的背后，有一股强大的力量在推动着饮水行业的发展以及老百姓生活品质的改善，这就是党的领导，百年不变的力量。

1952年，毛泽东在视察黄河时提出：南方水多，北方水少，如有可能，借点水来也是可以的。这是南水北调宏伟构想的首次提出。经过数十年的规划、论证，这个跨世纪工程在2000年6月5日确定了以"四横三纵"为主体的总体布局——分东线、中线和西线三条调水路线，与长江、黄河、淮河和海河四大江河联通。

"1999年到南水北调之前，北京的供水全都是叫拾遗补缺、东找西找，紧急地寻找水源补充。我们说北京曾经把应该留给子孙的水，特别深的岩层的水都打出来，每天向北京供30万立方米的水，解决300万人饮水的问题。北京一直在解决内部挖潜，（考虑）怎么千方百计地、怎么能够在没有外来水源到来之前，解决北京市的饮水问题。"梁丽说。

2003年12月30日，南水北调中线一期工程正式开工，从丹江口水库调水，沿京广铁路线西侧北上，全程自流，向河南、河北、北京、天津供水。干线全长1276公里，年均调水量95亿立方米，建成后北京将不再出现"水荒"。为了早一点让京城百姓喝上南水，南水北调中线工程的建设者们在千里之外摆开战场；而在北京这边，接南水进京的任务就交给了北京市自来水集团。

"因为南水对北京来说是一个新水源，怎么解决新水源的新问题？因为咱们的管网已经和本地水形成了一个平衡，一旦切换成南水，这种平衡是否会被破坏？"北京市自来水集团技术研究院党支部书记、院长顾军农指出当初接南水时需要考虑的问题。

如果说水是城市的血液，那么供水网络就是一个城市的动脉、支脉和毛细血管。血分几种血型，水有不同水质，外来水进入本地管网，确实有个和本地水相交融的问题。

"南水北调进京以后，基本上北京市就形成了一个本地水与外调水联合调度的一个多水源的供水格局。"顾军农说。

如何保证这种多水源的供水格局，是北京市自来水集团要面对的一道难题。就在这个时候，北京市自来水集团又接到了一个国家重大水专项课题——《南水北调受水区安全保障供应技术研究与示范》，该课题由水质监测中心承担。

"集团在丹江口水库多个断面设置了很多监测点，定期采样分析，要摸清丹江口水库水质的时空变化规律。"当时作为水质监测中心总工程师的顾军农，从2002年开始便带领他的团队到丹江口水库进行前期的一系列准备，首先在当地建立一个实验基地。

2011年，丹江口水库中试基地终于建成了，虽然只是一个实验基地，但是它的功能却非常强大。顾军农和他的团队设计了一套净水工艺系统，这套系统完全涵盖了已有水厂和规划新建水厂的所有工艺，使得该实验基地堪比一个微缩水厂。

为了精准地预测南水通水以后供水管网的水质安全，顾军农团队采用了两种办法。

"第一种办法是从北京截取管道，截取过程中不能破坏内部的结构，一旦破坏了，我们实验的可靠性和说服力就没有了。"顾军农介绍道。

为了保持供水管道的原有形态，在截取的过程中管道不可以受到外界的任何干扰，不可以受震动，不可以进空气，也不可以进土壤，所以在作业时不能使用机械设备，只能依靠人工。此外，北京的地下管网复杂而庞大，需要在20多个区域截取不同年限且正在使用的管道；同时，为了保证北京居民正常用水，每一次的操作都必须在午夜进行。管道截取工作之艰巨可想而知。

| 丹江口水库中试基地工作照 |

"我们的管道都是5到6米长，一个人、俩人肯定是抬不动的，实际上我们挖出来的过程很难，我们运输的过程也是很难的，因为这一千多公里，要从北京拉到丹江口。"顾军农说，运输前还要为管道装上弹簧垫等，避免它们在途中受震动或受碰撞。

技术人员还必须和时间赛跑，因为时间长了，管道中的管垢就会发生变化，效果就达不到最理想的状态。

好不容易连夜把管道拉到了目的地，无论多晚大家都要在第一时间开始安装。当然，还是不能用机械设备，依旧是肩上扛着，怀里抱着，就怕管道内部的管垢被破坏，就怕数据不准确，就怕影响了水质安全。

"我们还有一种办法，"顾军农解释道，"就是不截取管道，把丹江口'微缩水厂'生产出来的水拉到北京。我们在北京选了28处管网，不同地区管道，直接就把这个水通入我们的管道中，看看水质是如何变化的。"

为了得到更准确的数据，顾军农和他的团队在两年间不断往返于北京到丹江口的这条公路上，已无法计算一共跑了多少公里，也数不清楚经历过多少日夜。如今这些都已经不重要了，重要的是通过两年的实验，他们得到了宝贵的6万多个数据。从这6万多个数据里，他们总结凝练出了一个判断供水管网水质稳定性的指标。后来，他们又成功绘制了南水进京后供水管网水质风险图，该图有助于指导水厂、水源调度，并对水质监测管理、管网改造等起到了很大的支撑作用。

与此同时，从2012年开始专门为接南水而建的郭公庄水厂已顺利完工。2014年4月17日，乍暖还寒，郭公庄水厂通水在即。水厂所有人都在紧张而有序地忙碌着，所有的设备、测试都已经准备就绪，所有人都不敢懈怠，疲惫的脸上露出一丝紧张，还有掩饰不住的自豪。

那一天的经历，对现任郭公庄水厂技术科副科长的王霭景来说，仍历历在目："通水当天呢，我就在现场，我是在净化车间的最后一道工序，我在现场检测浊度。我现在印象特别深，我当初报出来的浊度是0.16NTU，检测完了之后，通过对讲机来报出这个结果，然后在对讲机里边就能听出来一片欢呼。"

2014年12月12日，历时11年建设的南水北调中线一期工程正式通水；12月27日，南水正式进京。团城湖这片位于颐和园内的宽阔水域，是南水北调中线工程的终点。历经50年的论证、11年的艰辛建设以及无数人的辛苦付出，中国终于将"南水北调"的调水梦变成了现实。

南水进京以后，北京市的供水也完成了从单一本地水源向外来多种水源的转变。水源是丰富了，那么百姓的用水需求，又如何得到有效解决？负责统一调配居民用水需求的北京市自来水集团供水运行调度中心给了我们答案。

"阳光、空气、水是人类生存的三大要素，如果把城市供水比作一个城市的生命线，我觉得调度中心就是城市供水生命线的心脏。它的职责就是指挥各个水厂根据城市管网的供水压力的变化，来实时地下达调度命令，来保证城市供水的一个服务压力。这个服务的压力就是保证包括每一个用户在需要用水的时候都能正常使用自来水。"马宝光如此说明。

时间的指针在不停地旋转，送走了黑夜，迎来了黎明，周而复始。不变的是一个信念，一种力量，执念于此的这些人，一直在这里守候、奋斗，为这座城，为这座城中的人，为他们喝的那一口水保驾护航。

北京，东直门，一座建于清末的百年老水厂几乎被周围的高楼大厦淹没。这里就是东直门水厂的原址，至今已经有113年了，2011年被列为北京市级文物保护单位，2018年又被列入中国工业遗产保护名

| 东直门水厂办公旧址 |

| 东直门水厂全景 |

录。如今,东直门水厂像一位沧桑的老人,用自身的历史印记,讲述京城供水业的发展变迁,也将以不变的历史坐标,展望北京自来水业的未来。

京城百姓喝的"那一口水",经历了旧中国的风风雨雨,见证了新中国的蒸蒸日上,以及改革开放以来的累累硕果。2020年11月13日,中共中央总书记习近平在江苏考察调研时表示:"南水北调,我很关心,这也是国之大事。"他强调,要把实施南水北调工程同北方地区节水紧密结合起来,以水定城,以水定业,注意节约用水,不能一边加大调水、一边随意浪费水。

其实,自来水不自来,我们要永远记得我们喝的每一口水都来之不易,因为这一口水心系了百年!

札 记

2019年10月,北京的秋天已经有了一丝早冬的凉意,在这个最美丽的季节,我接到了拍摄纪录片的工作任务。这虽然不是我参与拍摄的第一部历史题材的纪录片,但却是拍摄制作周期最长、历史跨度最大的一部纪录片。

接到任务当天晚上回到家,打开水龙头看着哗哗流出的自来水,那一刻,这个习惯性的动作变得不再平常——我打开的似乎不是水龙头,而是一段跨越百年的历史。肩膀瞬间沉重了许多。

天来之水亘古,自来之水百年。如何讲述北京自来水事业发展的百年历史,这个问题让我经历了无数个不眠之夜。北京的自来水业从无到有,由小变大,始终没有改变的是北京自来水人那种刻在骨子里的初心:"水质是生命""水质是灵魂"。

我很喜欢用一句话来形容北京自来水人——润物细无声。

第一章 一口水心系百年

言语无需华丽，真心才最动人。在这里也感谢为拍摄这部纪录片辛苦付出的所有人。因为有你，才会让一个个历史瞬间变得光彩夺目，变得刻骨铭心！因为有你，才会让我们有机会记录历史，展望未来！

毕 铭

大 城 北 京 百 年 成 长 记

1921
—
2021

第二章 首都电力百年

电,是自工业革命以来人类生存最重要的一种必需品。自本杰明·富兰克林1752年第一次从『风筝实验』中找到电开始,电就使整个世界发生了天翻地覆的改变。这种改变在近300年的历史长河中,对每一个时代的兴衰都产生了至关重要的影响,中国也不例外。

电，是自工业革命以来人类生存最重要的一种必需品。自本杰明·富兰克林1752年第一次从"风筝实验"中找到电开始，电就使整个世界发生了天翻地覆的改变。这种改变在近300年的历史长河中，对每一个时代的兴衰都产生了至关重要的影响，中国也不例外。

公元1888年，北洋大臣李鸿章花费重金从海外购买了发电设备和电灯，并作为特殊贡品献给了慈禧太后，安装在仪鸾殿（今怀仁堂）西门墙外盔头作胡同北侧饽饽房。伴随着嗡嗡作响的发电声，紫禁城里亮起了北京历史上的第一盏电灯。但这盏象征着工业文明的小小萤火并没有让当时北京城的夜空明亮起来，紫禁城之外的京城到了夜晚仍是漆黑一片。

当年，由于慈禧太后的固执和腐朽，只有西太后用电、宫廷用电，电和老百姓没有任何关系，北京城的民用发电建设丝毫没有得到发展和推动。中国第一家发电厂竟设在了当时外国租界聚集的上海，从技术到经营权全部掌控在外国人手中，这样的用电局面一直持续到了清光绪三十年（1904年）。时任清朝刑部员外郎史履晋、御史蒋式瑆、候选同知冯恕三人多次向慈禧太后上奏，直到1905年终于获准成立了京师华商电灯股份有限公司。成立之初，公司章程中还特别声明"如股份转让惟仍须售予华人"，其民族气节跃然纸上。京师华商电灯公司的成立，拉开了北京电力建设的序幕。1906年，北京第一座公用发电厂——前门西城根电厂动工兴建。北京市公用电力事业自此发端。

| 20世纪初，安装在北京颐和园排云殿内的电灯 |

| 京师华商电灯公司成立 |

| 1912年，北平华商电灯总厂，装机容量3035千瓦 |

| 京师华商电灯公司前门发电厂内景 |

截至1937年7月，华商电灯公司拥有33千伏输电线路4路75公里，配电线路12路；33千伏变电所3座，主变压器总容量1.959万千伏安；约有用户6.72万户，年售电量超过2000千瓦时。

1911年，武昌起义爆发，清王朝瓦解。中华民国成立后对于电量的需求逐渐加大，前门西城根电厂前后三次扩建，但发电供应仍不能满足北京城的用电需求，寻常百姓家里的照明大都还是依赖油灯。

五四运动之后，新的思想浪潮开始影响着这个国家的命运。1921年，中国共产党成立了。这一年，京师华商电灯公司于两年前投建的西郊石景山发电分厂也建成了，并铺设了第一条33千伏输电线路，由石景山向北京城区送电。这条线在当年大大缓解了用电供需矛盾，北京黑暗的夜空终于被点亮。

北京西部石景山地区有一个村庄叫模式口，村中街道是京西古道运煤进京的一段必经之路，四周群山环绕，人文气息浓厚。该村早在1922年就实现了全村通电，是北京第一个通电的村庄。当年，北京供电之源的石景山发电分厂就选建在这里，扩建时还占用了一部分村里的土地，模式口村从某种意义上来说见证了京师华商电灯公司的兴衰沉浮。

1937年，卢沟桥"七七事变"爆发。当时的京师华商电灯公司也没有逃过战争的厄运，在炮火中历经磨难，几经更名，几经转手。在那段战火连天的岁月里，北京电力建设事业风雨飘摇。国网北京电力离休干部张琪（100岁）在回忆战争时期的情景时说："抗日时期非常乱，像我上学的时候，走起路来都得非常小心，生怕碰见日本兵。夜里黑了都不敢出门，炮火连天呀，上边有飞机轰炸，下边有军队的官兵烧杀掠夺，老百姓敢出门吗？我记得有一回躲飞机轰炸，先去那个方桌底下蹲着躲，觉得还不安全，又趴在床底下躲。你想，那时候是多么紧张啊，就是怕战火落到自己身上。出去就漆黑一片，而且老停电，一停电一片漆黑，所以晚上根本就不敢出去。"

1945年，日本侵略者无条件投降。在日军手里掌控多年的华北电业公司北京分公司再度被转手，由当时的国民政府委员会接手。由于当时国民党内部贪污腐化严重，根本无暇顾及老百姓的用电需求，对于接管的电网也没有发展意向，没有维修改进，更没有进一步的建设，几年时间内只建成了一个东郊变电站，但不久也处于停用状态。从1945年到1948年整整四年的时间里，北京电力建设始终处在一种瘫痪停滞的状态。

黑暗，只能更加唤起人们对光明的向往。1949年1月，北平和平解放，冀北电力公司北平分公司和石景山发电厂又重新回到了人民的怀抱。对于夺回石景山发电厂，当时的《人民日报》有这样一段记载，标题为《占领石景山发电厂的八勇士》：

> 1948年12月，毛主席向先期入关的第四野战军下达作战命令，要求迅速占领石景山钢铁厂和北平发电所，保证北平的能源供应。12月14日，11兵团在模式口地区的红光山与敌人发生了激烈战斗，解放石景山的战斗打响了。15日清晨，一连指导员王世振等八个战士在四平山遭到发电厂守敌火力阻击，他们在地下党和护厂工人的配合下，经过激烈的战斗，终于消灭了守敌，发电厂胜利解放。战斗过程中，模式口地区村民积极支援解放军。他们把自己的房子贡献出来，让解放军在房顶上架大炮，他们用自家门板做成担架，冒着枪林弹雨抬回伤员在家里救治。

"石景山旁边最高的就是黑山头，黑山头是国民党的一个炮楼。12月15号早晨9点钟，'啪啪啪'枪一响，我们亲眼看见从对面的四平山那儿，迫击炮打出来。两天的时间就解放了石景山，当时冀北电力公司北平分公司和石景山发电厂又重新回到了人民的怀抱。"原石景山发电厂副总工程师吴统先如今已经103岁高龄，他在回忆解放石景山地区战斗时说，"解放石景山之后，那会儿那个机组全停了，没电了。没电怎么办呢？门头沟中英煤矿有一个自备电厂，有一个小机组还能发电。我们从那儿引进来电源，机器开起来送电。附近的解放

区才开始有电。"

北平和平解放了。当时的冀北电力公司北平分公司由中国人民解放军军事管理委员会正式接管。硝烟散去，创痕仍存，那时北京城的电网在经历多年战乱后已是伤痕累累，满目疮痍。张琪说，政府在1949年时接收的电网又破又小，千疮百孔。那时，北京的郊区根本供不上电，近郊有些地方偶尔才有电。张琪又举了一个生动的例子说明当时的艰难处境：一般的电网变压器里需要使用变压器油，但是那时候资源匮乏，只能用豆油代替。豆油的渗透力很强，一热就糊住了线包和零件，检修的时候洗都洗不下去。

1949年，中国大地上发生了很多大事。全国各地陆续解放了，1949年10月1日，新中国开国大典举世瞩目。在条件有限、物资匮乏的情况下，电力保障就交给了当时的冀北电力公司（现国网北京市电力公司），也是从那个时候开始，国网北京市电力公司开始担负首都政治保电这项光荣而艰巨的任务，至今已有70多载。然而，设备破损、供电量极度匮乏的1949年是如何保障电力供应的呢？作为那场保电攻坚战亲历者的张琪老人对此仍记忆犹新："9月初，天安门管理处跟我们单位讲，凡是开国大典需要用电的地方，都由我们供应电源，安装所有的照明设备。那时候我们有1010个人，全体投入。"电力保障任务出色完成是开国大典成功举办的关键之一，1010个电力职工，扛起了时代赋予的一个又一个使命，也开启了首都电网建设的崭新篇章。

20世纪50年代初，社会主义建设进入大规模发展时期，北京电网建设也历经了大规模抢修、设备大修和恢复改造。那段时期北京人口增长快，百姓生活日趋稳定，一大批重工业企业也建成投产，用电的需求大幅度增加。困难，无法阻碍社会主义建设大力发展的脚步。在党中央的统一部署下，1957年北京第一热电厂破土动工。1958年，该厂建成投产，全国第一台10万千瓦发电机组成功运行，北京第一次实现了热电联动，初步缓解了在电力供应方面的供需矛盾。

第二章 首都电力百年

1959年是新中国成立后的第一个十年，纪念意义深远。这一年，首都"十大建筑"工程正式启动，在天安门广场和长安街建设华灯的想法就是在那个时期被首次正式提出。第一代华灯由周总理亲自选定，由当时的北京供电局（国网北京市电力公司前身）负责筹建、安装和运维。自此，华灯与首都电力人结下了不解之缘，62载春秋从未间断。

1959年10月，新中国成立10周年之际，长安街和天安门广场首次点亮了璀璨华灯，253基华灯像刻度星一样辉耀着中华大地。当年的国网北京市电力公司还为此特地成立了专班，这个班组后来被广大群众亲切地称为华灯班。这个电力职工班组自1959年至今一直负责维护首都天安门地区的华灯，历经五代华灯人，是首都电力工作中具有独特代表性的一个集体。

"华灯是有历史故事的，随着新中国成立10周年庆典的筹备，我们俗话讲了，家有喜事，张灯结彩，为了把天安门广场和长安街照亮，需要设计路灯。第一代华灯是由周恩来总理亲自选定的，从众多方案中优选出来的，它在新中国成立10周年前夕与"十大建筑"同步落成。"国网北京电力第五代华灯班班长陈春光介绍说，"华灯班目前在册14名成员，自豪的是全部为中共党员。前边已经有四任班长干得非常出色，完成了他们那一代人所赋予的历史使命。无论是从维护、管理的质量，还是革新、创新，或是人员带队伍方面，我觉得做得都非常棒，到我这儿我觉得有责任传承发扬。"

从1958年筹建开始，60多年间国网北京市电力公司围绕天安门广场和长安街上这253基华灯先后进行了10次大的改造，从灯体结构、光源灯球材质更新换代到造型设计，就连清洗灯球的华灯车都历经了五代的传承。华灯的变迁中浓缩了中国人民的智慧，彰显了首都电力人对于这份守护的责任与担当。

"随着民族工业的进步，我们主要的工具华灯车是世界仅有的孤

| 天安门广场的华灯 |

| 第一代华灯人 |

| 第二代华灯人 |

| 第三代华灯人 |

| 第四代华灯人 |

| 第五代华灯人 |

品，独一无二的，专门用于华灯检修的，历经了五代的升级。再有就是设备本身的寿命，最早第一代是白炽灯，寿命很短，下雨的时候，雨滴溅到灯泡上就炸了，现在的无极灯，标准照明能达到6万小时，没有外力等特别情况，点个十几年不成问题。"陈春光说，"首都是向世界展示的一扇窗口，我们作为这里的守护人，作为掌灯人，肯定要把这里能做的工作做到最好，扮亮首都，向世界展示中国发展美好的一面，中国工人能工巧匠、大国工匠的一面。"

华灯初上，照亮的是夜空，温暖的是全国人民的心。华灯班几代人前赴后继的守护，就是为了一个信念——扮亮首都，光耀祖国。

北京是首善之都，世界瞩目，举办的每一场国家级活动都任务艰巨，意义深远。首都电力人扎根北京，服务北京，区别于其他地区最大的不同就是始终肩负着首都政治保电的任务，因为这关系到一个国家的形象和秩序。

提起2019年新中国成立70年大庆，当时的壮观场面仍令无数中国人感慨不已。王朴，国网北京市电力公司职工，他是政治供电服务中心主任，也是北京市电力业务技能带头人之一。2019年新中国成立70周年大庆当天，他作为电力保障作业人员特许在天安门城楼上值守，带领他的团队圆满完成了庆典期间的供电保障任务。同样的天安门广场、同样的信仰、同样的使命、同样的保电，电力人就这样代代传承。

"2019年新中国成立70周年这个重大的庆典活动，在历史上广场所有的活动里应该说都是规模空前的，对于供电的需求也是空前的。我们对整个广场区的所有电力设施都进行了更新改造。"王朴说，"我们有赖于并肩战斗的数万个电力弟兄共同努力，这场活动我觉得保得非常成功。压力归压力，但是成果应该说是非常显著的。"

新中国成立70周年庆典取得空前成功，再一次彰显了首都电力建设超前的科技实力和创新力。在全世界面前展示出一个东方大国的

| 2007年6月28日，国网北京电力施工人员在奥运电力工程之一安慧输变电工程现场放线 |

| 2008年6月19日，国网北京电力奥运应急服务队前往奥运开幕式场馆供电保障现场 |

| 2015年9月3日,国网北京电力员工在天安门广场开展中国人民抗日战争暨世界反法西斯战争胜利70周年阅兵活动保电特巡 |

| 2019年10月1日,国网北京电力员工在国庆70周年联欢活动期间加强设备看护,全力做好供电服务保障工作 |

| 2019年10月1日,新中国成立70周年庆祝大会期间,国网北京电力加大设备巡视看护力度,高质量完成好供电保障任务 |

实力和影响力，天安门广场的供电保障功不可没。

从1949年至今，首都北京有过很多次的政治保电任务。对于电力人来说，这是一份光荣而艰巨的使命，这份使命又进而成为一群人一生的职业。

王朴和他的团队对于这片核心地区的每一道管线、每一个开关、每一条电路都烂熟于心。王朴在谈到他的职业时说："我们这个区域的一举一动代表着中国，代表着中国共产党的形象，它不仅仅是一个电力的概念，也不仅仅是我一个人工作的概念。所以我想，这种责任是我们不能拿个人的事情去衡量的，很多时候就是所谓的牺牲、付出，我觉得这个都很正常。"面对这样一份职业，他们的内心充满敬畏；面对这样一种责任，他们的担当义无反顾。

岁月如梭，时光如歌，新中国成立以来，中国经历了几次大的变革，尤其是1978年改革开放以来，中国的经济、文化、科技和人民生活都发生了天翻地覆的改变。

改革开放之后，人民群众的生活方式发生了很大的变化，家用电器进入百姓家中，新鲜事物层出不穷。到20世纪90年代初期，北京城区建设不断扩张，北京地铁逐渐成网，全国第一条全封闭、没有信号灯的城市快速路——北京二环路建成通车。作为城市运行支柱的电网建设虽从未停下脚步，但随着城市建设的扩张发展，北京电力供应还是难以满足社会建设发展和老百姓日常用电的需求，城市里时不时出现的局部地区"拉闸限电"成了这一时期特殊的现象。

国网北京电力退休职工唐松寒介绍说："20世纪70年代到90年代，可能家家户户都感受过拉闸限电。为什么叫拉闸停电？这个电是发电机组生产出来多少才能供出多少，你供出去才能用得上，但是需求大于供应。用电需求大于供应的时候，就要被迫拉闸停电。但是拉闸停电不是随便拉的，要有序拉。说周一要是一旦电网不足了，那么我就拉咱们新世纪，周二不能再拉它了，要拉西单，拉东四、西四。"

为了彻底改变用电困局，1993年市政府首次提出"9511"工程议案。这一工程对北京市的电网进行大规模的拓展和建设，是北京电网建设史上的又一个里程碑。"9511"工程从提出议案到具体实施历时共两年，建成后基本解决了北京市乃至华北地区严重缺电状况，北京城从此告别了"拉闸限电"。

1995年10月18日到21日，《北京晚报》连续4天在头版头条刊发了唐松寒采写的通讯《告别"黑色星期五"——首都电网改造建设纪实》。唐松寒说："这个'9511'工程应该说是北京电网建设的一个里程碑，也是北京市民用电改善的一个重要时期，实现了居民生活基本不拉闸，北京电网的建设投入也是空前的。20世纪70年代以后，北京一直缺电，电网供电能力不足。'9511'工程实现以后呢，这些都大大改观了。"

有这样一段时间轴可以很好地说明北京市电力建设发展成果：1995年，"9511"工程彻底解决了北京市"拉闸限电"的难题，取得阶段性成果；1997年，"9950"工程实施，并首次实现了居民"一户一表"，老百姓用上了"放心电"，是首都电网建设史上的又一座丰碑；2008年，奥运强网"0811"工程，是继"9511""9950"之后更高的里程碑工程，是推动首都电网建设跨越发展的历史性工程。

伴随着祖国日新月异的发展，21世纪到来了。北京已经成为一座集政治、金融、科技、文化交流于一体，常住人口2000多万人的大都市。城市飞速发展的同时，北京的空气质量问题浮出水面。北京地处北方，气候干燥，四季分明，尤其每年的冬季长达五个月之久，以前取暖绝大部分是靠烧煤。老百姓每天起床后的第一件事就是打开煤炉子，重新拢一拢火，晚上还要再次拢火，然后清理煤渣。这样一来二去，整个屋子里每天都是烟气腾腾，很不干净。模式口村村民高老先生回忆烧煤的日子时说："烧煤费工又费力，关键是脏，我戴上口罩、戴上帽子，弄一次煤都得全副武装，把这儿围严了去上锅炉那儿，一

| 国网北京电力员工实施"煤改电"工程安装供电设备 |

打开锅炉盖全是粉尘。"为了采暖、生活,虽然这些事很不方便,也不卫生,但是每一个家庭又都不得不面对这样的一个过程。

北京的蓝天一头牵着普通百姓的生活,一头牵着党和国家领导人的关切。党的十八大以来,解决空气质量和环境保护问题被列为国家重点关注的工作方向之一。"煤改电"任务被列入国务院颁布的《打赢蓝天保卫战三年行动计划》和北京市"十三五"任务中。

排头兵永远冲向前,国网北京市电力公司再次承担起首都北京"煤改电"的重任。"从2003年开始,国家下定决心要在北京的平房保护区里先开展'煤改电'的试点工作。我们的'煤改电'分三个阶段,第一个阶段是2003年到2015年,我们对东西城整个平房区域做了覆盖;第二个阶段是从2013年到2018年,基本上实现了北京平原地区'煤改电'的全覆盖;第三个阶段是从2019年一直延续到现在,我们在北京的山区开始尝试对燃煤的住户进行'煤改电',现在也推进了两年多时间。"国网北京电力营销部主任邱明泉介绍说,"在此期间,我们电力公司也做了大量的工作,承担了大量的成本。执行'峰谷电'政策,在老百姓回家采暖的时段电费是3毛钱一度电,同时这3毛钱政府还要给2毛钱的补贴。从百姓自己的角度看,晚上低谷用电的时候,用一度电只需要掏1毛钱,一个采暖季的电费大概是两千多块钱。"

人民电业为人民,国网北京市电力公司自2003年开始就下大力气抓"煤改电"工程,截至2020年底,北京地区冬季取暖完全由用电取代燃煤的村庄有2344个,用户突破130万户,提前两年完成了国务院和北京市下达的"煤改电"任务。

这是一件功在当代、利在千秋的大计。从"同一片蓝天下"到"绿水青山就是金山银山",在党中央的部署和领导下,北京市将环境保护治理扎根在各行各业,坚持常抓不懈,国网北京市电力公司更是在北京地区一村一寨、逐家逐户实施"煤改电"。电已不仅仅可以带来光明和温暖,更承载着人民对美好生活的向往,而这种沉下心来服务于民的坚守正是人民电业为人民的初心。

2008年，北京举办了第二十九届奥运会，那一次，我们在全世界面前完美地展示了中国的实力和魅力。2015年7月31日，北京成功申办2022年第二十四届冬奥会，成为第一个举办过夏季奥运会和即将举办冬季奥运会的"双奥之城"。为办好这场重大国际赛事，北京市针对冬奥会进行了提前筹划。电力保障仍然是本次冬奥会成功举办的关键因素，冬季奥运会和夏季奥运会的比赛项目截然不同，对于场地、场馆的需求差别很大，如何保障电、用好电成了又一个技术课题。

从2015年起，国网北京市电力公司就开始了专项攻坚。2020年6月29日，国家电网张北可再生能源柔性直流电网示范工程竣工投产。该项目投资125亿元，历时28个月，一年能够输送约140亿千瓦时清洁电力。更值得一提的是，这个长达666公里的四端直流电网完全由中国自主研发并创下12项世界第一。

张北柔性直流换流站由国网北京市电力公司全程参与实施运维，这项工程的竣工投运预示着2022年北京冬奥会将全部使用清洁绿电，这在世界冬奥会历史上还是第一次。承担这项工程的国家电网可再生能源北京延庆换流站也成为全世界柔性电网技术最领先的换流站。据国网北京电力延庆换流站主任戴瑞成介绍，延庆换流站的建设投运主要是把坝上草原、张北的清洁能源通过柔性直流电网送向北京，给北京送来绿电，为即将举办的冬奥会提供百分之百的绿色能源。延庆换流站是采用最先进的柔性直流输电技术路线建设的换流站，它代表着最新的直流输电技术，同时也是目前国际上电压等级最高、容量最大、具有10多项世界第一的换流站。

延庆是北京最北的一个区，也是距离市区最远的一个区。由于天然的山区地形优势，这里将作为北京冬奥会和冬残奥会三大赛区之一，主要承担高山滑雪和雪车雪橇项目的比赛。北京市电力公司海坨

变电站就建在这里。

据国网北京电力延庆供电公司副经理沈洋介绍,海坨变电站再向东北方向大约一公里的位置,还有一个玉渡冬奥村变电站,这两个变电站主要就是用来为延庆赛区的高山滑雪和雪车雪橇项目场馆以及冬奥村提供电力保障。冬日的北京蓝天晴冷,届时来自全世界的冰雪健儿和体育爱好者可以一同感受中国首都电力的超前高科技,感受电网建设的蓬勃发展和时代的飞速变化。戴瑞成坦言:"我们与换流站一起成长,从它的建设到今天的带电试运行,我们以这个换流站而自豪。承担如此高精尖的任务,我们深感责任重大、使命光荣,根据它的地缘位置,我们编了一段话:妫水河畔、八达岭长城脚下是我们美丽的延庆换流站,在这里,我们用张北的风点亮北京的灯。"

北京城北部的延庆换流站区里,山间寒风凛冽,绿电奔涌澎湃。从北京第一条电线开始,到第一座发电厂、第一个变电站、第一条高压线,从"破烂电网"到"坚强电网""智能联网"再到"智慧超网",清洁绿电已如约而来。如今的首都电力建设再次投身于国家能源转型战略中,为完成"要把碳达峰、碳中和纳入生态文明建设整体布局"的历史任务,如期实现"2030年前碳达峰、2060年前碳中和"的目标而继续奋进。

时光如梭,岁月如歌,历史总是在一些特殊年份给人们以汲取智慧、继续前行的力量。中国共产党成立100周年之际,回望北京电力百年发展历程,不禁由衷感叹在中国共产党的领导下每一位首都电力人身上所迸发的奉献精神、责任担当和创新智慧。正是这样的一群人不忘初心、薪火相传,日日夜夜守护北京、呵护光明。他们,就是首都电力人。

| 2021年1月,国网北京电力员工进行大跳台切改项目外电源情况现场踏勘 |

| 为2022年北京冬奥会配套建设的110千伏海坨变电站 |

| 为2022年北京冬奥会提供100%清洁能源的张北柔性直流电网试验示范工程±500千伏延庆换流站 |

札 记

  写这篇文章的时候,其实已不是青春少年时。此时的青春和热爱都源于2019年至2021年这两年时间里拍摄的这部"庆祝中国共产党成立100周年"大型城市纪录片《旗帜——北京城市发展百年巡礼》。建党百年,这样的选题令人心生澎湃、充满敬畏和敬意。对于这段难忘的创作时光,我想写一段自己内心真实感受,留给"不负青春、不负热爱"的我们。

  还记得王春元老师带领我们开始策划的时候是在2019年夏末,而十五集全部拍完杀青是在2021年4月,前后跨越三个年份,历经几番寒来暑往,500多个日日夜夜的创作凝聚。十五集大题材大体量纪录片的摄制中,我很荣幸担任了《旗帜——首都电力百年》这期的编导。对于电力行业,由于之前工作有接触,其实并不是太陌生,但这一次要讲述100年、尤其是70年来在党的领导下首都电力发展历程,当时的确感到压力很大,一时间不知从何下手。自接到这个选题开始,我与国网北京市电力公司进行了长达三个月的前期调研和深度沟通,查阅大量的电力方面书籍和资料,寻找挖掘首都电力建设发展中的历史节点、大事件和代表性人物。人们对于电的了解或许还停留在使用层面。大家都知道我们的生活每一秒钟都不能离开电,都知道城市灯火通明、夜如白昼,从不用担心会停电缺电,但其实在30多年前北京还是个需要拉闸限电的城市,还是个缺电较严重的城市,而这种发展演变过程几乎鲜为人知。《旗帜——首都电力百年》这期节目就是将首都电力100年来建设发展过程中的幕后故事真实再现给公众,让大家更多地了解过去、现在、未来北京在城市供电方面都历经了怎样的建设过程。

  其实讲述北京100年供用电建设史并没有那么简单,当选题摆在面前,线索闪光点跃然纸间,从酷暑盛夏到零下十几度的寒冬,我和摄制组同事们辗转北京多地采访几代电力人,策划文案三次推翻重来，第一版脚本文稿也是几次落笔几次推翻，整整写了两个月！最终节目架构确定以"1921年中国共产党成立前后时期——1949年新中国成立时期——1978年改革开放时期——1995年首都电力发展史上里程碑式的'9511'工程建成——2008和2022'双奥之城'——2013年惠民大工程'煤改电'——未来能源转型发展"这样的时间脉络来贯穿全片，这条时间线较客观全面地展示了首都电力发展过程中几大里程碑式的阶段，包含了每一个时代里电力行业的缩影，呈现了电力建设者平凡的每一天。

纪录片拍完了，我深感一期节目所能够展示出来的北京电力建设发展历程其实远远不够，但至少让大家真切感受到这个城市灯火通明背后是一代又一代电力人的默默坚守。2021年6月28日，这部历时两年多拍摄制作的大型城市纪录片在北京广播电视台正式与广大观众见面了！重大题材、宏大叙事、真实再现历史、追寻闪亮的过往，一幅幅在党的领导下首都北京发展历程的绚丽画卷一一展现在公众面前。《旗帜》为庆祝中国共产党成立100周年而生，跨越百年，超越个体的生命体验，一群创作者将时间、生命、感知、史实、情感融贯其中，呈现出这部恢宏、气魄、豪情的纪录片。作为其中一员，我感到无比荣幸——有幸以电视工作者这样一种身份来致敬建党百年，有幸与我们的团队一起拍摄《旗帜》，有幸与首都电力人一起探寻百年电力发展的魅力，有幸记录历史并见证时代奇迹！

赵 曼

大 城 北 京 百 年 成 长 记

1921
—
2021

第三章

天下粮仓　粮藏天下

民以食为天,自古就有『漕运兴则国运兴』之说。『云光水色潞河秋,满径槐花感旧游。无羔蒲帆新雨后,一枝塔影认通州。』清人王维珍这首《古塔凌云》,生动地描绘了北京通州京杭大运河畔的燃灯塔周边漕运繁忙的景象。漕粮最终经由北京城里的河道运至各大粮仓,成为京城百姓的日常食粮。以这一画面为开端,让我们来回顾京城粮食百年来的变迁。

民以食为天,自古就有"漕运兴则国运兴"之说。"云光水色潞河秋,满径槐花感旧游。无恙蒲帆新雨后,一枝塔影认通州。"清人王维珍这首《古塔凌云》,生动地描绘了北京通州京杭大运河畔的燃灯塔周边漕运繁忙的景象。漕粮最终经由北京城里的河道运至各大粮仓,成为京城百姓的日常食粮。以这一画面为开端,让我们来回顾京城粮食百年来的变迁。

在中国的华北大平原上,有一条蜿蜒千里的大运河,它的修建促进了中国古代经济发展,打通了中国南北交通的大动脉,那便是京杭大运河。粮食,成为这条干线上最为珍贵的货品,年复一年地从南方运至北方。正是因为这条运输要道,北京最早的机制面粉厂坐落在了永定门外——1918年,天民面粉厂在此成立。如今,这家百年面粉厂虽已没有了机器的轰鸣,却依然在无声地诉说着这座城市的一段粮食发展史。

> 北京市内,每到吃晚饭的时候,有一种极悲惨的声音送入市民的耳鼓,这就是沿街叫苦乞怜于阔绰人家的残羹剩饭的呼号。这种声音,直喊到更深,还断断续续的不绝。一家饱暖千家哭,稍有情感的人,便有酒肉在前,恐怕也不能忍心下咽吧!

李大钊先生在《黄昏时候的哭声》中,真实描述了旧中国穷苦百姓饱受粮食短缺之苦。1937年,卢沟桥事变爆发,日本侵略者的铁蹄踏入北平,粮食随即成为其牢牢控制的战略资源,百姓苦不堪言。

1943年,日军"发明"了一种"共和面"供应给北京老百姓,这种面掺杂了沙子、麦麸和谷壳,民间也称之为"混合面"。在老舍先生的名著《四世同堂》中,祁家最小的孙女妞妞因无粮可吃,只能吃共和面,引发急性阑尾炎,离开了人世。

抗日战争胜利后,在被国民政府接管了的北平,粮食供应仍是一大难题。为此,1948年3月,北平市成立民食调配委员会,专门解决粮食的配售问题,但由于多年战乱,物价飞涨,各种物资极度紧缺,就连粮库中也没有粮食了。

国民政府统治时期,粮食市场动荡,粮价一日数涨,劳动人民常年挣扎在饥饿线上。

1949年1月31日,北平宣告和平解放,为了将人民群众从水深火热中拯救出来,人民政府调集大批粮食进入北平,并打击非法粮商,稳定粮食市场,鼓励合法经营,保证居民基本需求。据不完全统计,从1948年至1949年7月,中共中央向北平市场调拨供应粮食共达13790万斤。

"当共产党接管北京市之后,"北京商业经济学会常务副会长赖阳说,"马上就组织了大量的物资进京,提供生活物资的基本保障。当时第一批,从张家口组织了3000万斤的粮食进京。"

当一面面红旗进城,北京市民终于看到了新生活的希望。

白少川是1941年生人,已步入耄耋之年的他当初一参加工作就进入了北京粮食行业,跟粮食打了56年交道,虽早已退休,但对粮食工作的热情始终不减。时至今天,白少川还珍藏着一个"大宝贝"。说起这个宝贝,年轻的朋友可能不认识,但上了年纪的"老北京"一定不会感到陌生,甚至还会觉得很亲切。

白少川珍藏的宝贝是一个很有年代感的盒子,这可不是一般的盒

| 人民政府组织调集大批粮食进入北平 |

子，因为盒子里存放着的，是白少川悉心保管了30多年的北京粮食票证。"粮票在北京市场上流通使用了40年。在40年当中，北京市出了多少粮票呢？粮票、面票、煤票、油票、糕点票、饼干票、奖励粮票、奖励油票、饲料票等不同粮票，不同月份的粮票，6000多种，不同的版本6000多种。现在因为历史的原因，有很多都找不到了。"提起粮票，白少川如数家珍，"我现在收藏的这些粮票，有4000多种。在我收藏的这4000多枚粮票当中，我认为有一套是最珍贵的粮票。"

白少川所说的最珍贵的一版粮票，看上去比我们印象中的粮票要大一些。粮票在当时关系到所有人吃饭的问题，这些看似普通又不寻常的票证，如同故纸堆里的碎片，连接着许多北京人的记忆，反映出一段特定的历史。这版北京粮票背后有什么不为人知的故事呢？

原来，这版粮票是"面粉购买证"，分四斤、八斤和十斤的，一套共3枚。据白少川介绍，这是北京市实行统购统销以来使用的第一套粮票，所以也是北京市的"开门票"。"它诞生在共和国成立的初期，当时的粮食形势是非常严峻的。"白少川回忆道，"新中国成立以后，人民政府采取了一系列的措施和办法来解决老百姓的吃饭问题，解决粮食的供应问题。"

尽管如此，粮食供应不足的情况仍未能得到完全改善，粮食供求矛盾越来越深。1953年，全国进入大规模经济建设时期，粮食生产赶不上消费的增长，加之私商伺机捣乱，粮食安全形势十分严峻。11月19日，中央人民政府政务院发布《关于实行粮食的计划收购和计划供应的命令》，标志新中国正式确立了粮食统购统销体制。

"中央的会议结束以后，北京连夜召开联席会议，研究印制粮票的问题。"白少川继续将那段历史娓娓道来，"粮票本来是粮食局的事，应该是粮食局印发粮票，粮食局什么时候成立的？1953年的11月21号挂牌办公。这一套粮票什么时候发行的？是1953年的11月份，10月份就把它印好了。那个时候粮食局还没成立，所以这一套粮票是谁

| 白少川珍藏的粮票 |

| 北京第一套粮票 |

(印制的)？是北京市商业局印制的。"于是，白少川珍藏的这套面粉购买证就这样诞生了。

自1953年11月1日起，北京市实行面粉计划供应，凭面粉购买证供应面粉。

那么，"四斤""八斤""十斤"这三种面粉购买证是怎么分配的呢？"'八斤'是人头份，"白少川介绍道，"凡是一个人，不管男的女的、大人小孩，有一个人就有一个'八斤'，这是人头份，每人一个。这'四斤'是干吗用的呢？这'四斤'是在外头上班的、有工作的，也不管你是机关企事业（单位），在外头上班的由单位再发给你一个'四斤'。这样的话，你一个月能吃到多少？吃到12斤面。这'十斤'是怎么回事呢？这是给重体力劳动的，像煤矿工人、钢铁厂的炼钢工人，在'八斤'的基础之上再给一个'十斤'，让他每月能够吃到多少？能够吃到18斤。"

原北京二商集团有限公司副局长王永福还记得，当时大家使用面粉购买证时，都得精打细算。"怎么算计着使呢？"王永福说，"一个月给你八斤白面，平常买多少？都要留到过节的时候买。所以我讲事事都要算计着去买，这是当时使用粮票时最大的一个体会。"

自1953年12月1日起，北京市对大米和粗粮也实行计划供应，同时对人们的口粮定量作了详细的划分，根据不同的人群、工种和劳动强度，划分了7等40级的粮食定量标准。

白少川觉得粮食计划供应这项政策是那个时代京城百姓所喜闻乐见的，因为有了这些粮票以后，吃饭就不成问题了，基本的生活就得到了有效的保障。

不过，北京的粮票只能在北京用，到了外地是不能使用的；同样，外地的粮票在北京也不能使用。王永福还记得，他上完中专后外调到京外，还得把北京的粮票换成全国通用的粮票。"没有这个票到外地吃什么？吃的都解决不了，到哪儿都寸步难行。"

在粮食供应不足时期,粮票对于每家每户的重要性可想而知,如果不小心把粮票弄丢了,可能会引起一场家庭风波。

"我印象最深的一次,丢了五斤粮票。我去粮店买粮食,五斤粮票半道上丢了,找不着了,回来之后,我爸爸还可以,我妈对我是大发雷霆,因为在60年代,丢五斤粮票比丢钱要重要得多了。"现任北京市新发地农产品股份有限公司董事长的张玉玺现在仍清楚记得他弄丢粮票的经历,"后来我们全家拿着手电筒在沿途路上反复找,一直没找着这五斤粮票。这记忆犹新。后来我妈还一本正经地跟我说,叫我好好念书,将来能到粮店工作,能到供销社工作,那就是最好了。"

那个时候,粮店的工作人员每月会选择在胡同里居住空间比较宽敞的人家,为附近的居民发放粮票;居民拿到粮票后,就可以到附近的粮店买食粮了。在首都粮食博物馆,白少川带我们重温了计划经济时期京城百姓在粮食店里购粮的情景。

当时北京有1500多家粮店,每家店的设置大同小异,基本上都差不多。老百姓进了粮店,先到收款台办买粮手续,包括拿购粮证、交钱、交粮票。粮店卖的都是散装粮,白面、大米、棒子面都没有小包装的,都是散装的,因此采购粮食对老百姓来说是一件非常烦琐的事。"比如说今天要买粮食,"白少川说,"白面、大米、棒子面三种都得买,你就得带上三个面口袋;如果说我还想买点油,那你就得提着油瓶子。买粮食的老百姓从家出来,拿上钱、带上粮证、带上粮票,夹着面口袋,提着油瓶子,然后买粮食。"

办完买粮手续,就到几个面柜上的小台磅称粮。售粮员根据购买量,拿一个撮子给顾客称粮食,然后对顾客说一句"面口袋撑好了啊",接着就用铁溜子将粮食往袋子里送,最后还得抖搂抖搂,好把粮食全都抖到面口袋里。白少川说:"那会儿说'斤斤计较',粮食实际上叫'两两计较',所以这上头不能留粮食,还要抖一抖。"

发行粮票,让国家可以有计划地对粮食进行购销,百姓的温饱问

| 首都粮食博物馆内复原的北新桥粮店 |

| 北京粮店售粮员给顾客称粮食 |

题得到了初步解决；但是在各种物资都匮乏的年代，想要顺利地买到粮食也不是件容易的事。

过去，到粮店去购粮，老百姓有时也得"排大队"，通常是什么时候呢？"一般都是月底和月初。月初什么时候排队呢？3号、5号。3号、5号都是发薪的时候。到月底，大粮店、小粮店，少的排个二三十人，多的五六十人，一字长蛇阵。月底什么时候排队呢？24号，每月的24号预售粮，卖下个月的粮食，那时候粮食不够吃，所以24号就开始把下月的粮食卖给你。凡是24号这天排队买粮食的人，你甭问，都是粮食不够吃的，粮食紧张的，所以24号早早地就来了，上这儿排队买粮食。"通过白少川这番话，我们能真切感受到当年京城百姓购粮之不易、粮食供应之紧张。

20世纪60年代初期，国家经历了三年困难时期，粮食大幅减产，出现了全国性的粮食和副食品短缺。为确保粮食安全，国家发行了一系列补助粮票。

儿童食品补助票从1961年开始印制，分为两种，一种是给两周岁以下的儿童的，另一种是给两周岁到七周岁的儿童的，主要是为了解决他们营养不足的问题。"供应什么呢？"白少川为我们解答道，"两周岁以下儿童，供应糕干粉或者代乳粉二斤；两周岁到七周岁的儿童，供应糕干粉或者代乳粉一斤。"

节日期间，每人也可增购一斤富强粉。在原北京二商集团有限公司食品科技与产业发展部部长杜占斌的记忆中，富强粉在那时候算是奢侈品。"因为平时吃的都是标准粉，富强粉给我们的印象，确实是洁白无瑕，蒸出来的馒头特别好，烙出来的饼也是又白又筋道，包出来的饺子晶莹剔透。"杜占斌说。

随着国民经济调整工作的开始，我国工业建设和科学研究逐渐加快前进步伐，为此，国家为了保证一系列重大科研项目和工程建设顺利开展，对高级知识分子也进行粮油补助。

| 北京市民排队购粮 |

"这个油票是怎么回事呢?"白少川手拿一张过去发放给高级知识分子的补助油票,解释道,"这是对知识分子的一个照顾。计划经济的时候,老百姓每人每月只有一张油票,供应半斤油,这半斤油要吃30天、90顿,所以那时候吃油是相当困难的。高级脑力劳动者补助油票的出现充分证明了我们国家在最困难的时候对知识分子(的)关心和爱护。"

1964年,我国经济形势有所好转,农业生产也有所发展,在当年的国庆节,北京市政府决定发给每人补助油票一张。"这一张油票里头包括二两油,可以买二两油、买一两香油、买一两花生油。"白少川说,"为了增加节日的喜庆气氛,每一张节日油票上都'挂'上一个大红灯笼。"

尽管采取了这一系列积极措施,"僧多粥少"的矛盾还是没有真正化解。要想让人们不再为吃饭发愁,归根结底是要从根本上解决粮食生产问题。从古至今,"粮仓足,天下定",是一个不变的真理,反之亦然。当由国家大包大揽的计划经济已无法承担充实粮仓的历史重任,蕴藏在人民群众中的改革精神开始被激发出来。

1978年,安徽省凤阳县遭遇百年不遇的旱灾,许多农民不得不离开世代赖以生存的土地出门乞讨。"泥巴房,泥巴床,泥巴囤里没有粮,一日三餐喝稀汤,正月出门去逃荒。"这首讨饭时唱的凤阳花鼓词,就是对彼时当地人贫苦生活的真实写照。

1978年夏收时,凤阳县小岗村的每个劳动力只分到3.5公斤麦子,全队18户人家面临着断粮危机。怎么办?人们想起早年间搞过的"包产到户",虽然那曾是遭到批判的一种生产方式,但毕竟多打了粮食,不妨再次试一试。就这样,同年11月24日一个寒冷的冬夜里,小岗村18户农民悄悄签下了"生死状"——"大包干"契约。一个个鲜红的手印,一纸关乎生死的契约,中国农村改革的大幕就这样悄然拉开了。

| 高级脑力劳动者补助粮票 |

| 1964年国庆节补助油票 |

第二年，小岗村就迎来了大丰收，粮食总产量由往年3万多斤猛增到13万斤，几乎相当于前五年粮食产量的总和。"大包干，就是好，干部群众都想搞，只要搞上三五年，吃陈粮，烧陈草，个人富，集体富，国家还要盖粮库。"听了老百姓编的顺口溜，时任中共安徽省委第一书记的万里感慨万千，立即将小岗村包产到户的经验汇报中央。从1982年开始，党中央连发三个"一号文件"，肯定家庭联产承包责任制。到了1984年，全国99%的生产队实行家庭联产承包责任制，当年中国粮食产量首次突破4亿吨。那几年，与方兴未艾的思想解放运动交相辉映的，是社会生产力的大解放。一系列农村改革释放出巨大的生机和活力，不仅让国家的粮仓满了，也让农民的腰包鼓了。

　　我们的家乡

　　在希望的田野上

　　炊烟在新建的住房上飘荡

　　小河在美丽的村庄旁流淌

　　一片冬麦

　　那个一片高粱

　　十里哟荷塘

　　十里果香

　　……

一曲《在希望的田野上》乘着改革开放的春风，回荡在神州大地上。歌曲中所描绘的田野里一派丰收的景象徐徐铺展到现实当中，而为实现这一幕幕动人画面贡献了巨大力量的，是一个儿时便怀着一个大胆梦想的人，他把他的梦想叫"禾下乘凉梦"。这个人就是袁隆平。

1930年，袁隆平出生于北京，由于连年的战乱，他自幼跟随父母过着颠沛流离的生活，年少时便有一个愿望——中国一定要强大起来。国家要强大，首先要填饱肚子；大国的根基是农业，农业的根基是粮食。一粒关于粮食的梦想的种子从此深深埋在了袁隆平的心里。

袁隆平曾在20多年间跑遍祖国大江南北，考察了数不清的稻田，致力于杂交水稻研究。1974年，中国第一个杂交水稻品种培育成功；1986年，他提出了杂交水稻三个战略发展阶段。经过不断的研究与尝试，袁隆平的杂交水稻越长越高，稻穗也越来越长，距离他的那个"禾下乘凉梦"也越来越近了。

经过许多像袁隆平一样为了人人都能吃饱饭而尽心尽力的粮食系统工作者的努力，1993年，全国粮食总产量达到创纪录的9128亿斤，人们终于不再为吃饭发愁了，伴随老百姓生活40年的粮票也在这一年完成了它的历史使命。取消粮票，这在当时可是头条新闻啊！那时的京城百姓有何感想呢？以下是北京电视台早期拍摄的专题片中一段新闻纪实：

  记者：家里还有粮票吗？
  百姓：富裕好几百斤呢，我现在觉得粮食吃不完，原来粮本上的粮食都吃不完，现在粮票一般人都不收了。再说粮票现在呢，咱旁边那条街地上有些都是粮票，我觉得早就应该取消了。
  记者：为什么呢？
  百姓：因为粮食现在也不紧张了，过去粮食为主，现在咱们生活水平提高了，副食也跟得上了，这些零食饮料都管事呀。

方寸大小的粮票，曾牵动着亿万人的心，讲述一个又一个扣人心弦的故事。

凭票供应取消，说明粮食供应紧张的局面已得到极大改善。北京

粮店里的粮食，从当初仅有的"两白一黄"，逐渐发展到琳琅满目的种类，难以想象的变化见证了党和国家为探索社会主义走过的一段艰难曲折的道路，折射出新中国经济由贫弱匮乏走向富足繁荣的光辉历程。在首农食品集团党委书记、董事长王国丰看来，粮食行业经历了从计划经济体制向社会主义市场经济体制转变的时期，经历了从严格的统购统销到粮食购销全面市场化的过程，可以说是我国经济和社会发展的一个典型的缩影。

时至世纪之交，为进一步保障首都粮食安全，1999年北京市粮食局将下属所有粮食公司进行整合，成立北京粮食集团，为首都百姓的粮食安全保驾护航。

北京作为首都发挥着重要职能，也举办较多重大活动，在一些特殊时期，粮食系统的基层工作人员需要坚守岗位，保障粮食供应。王国丰还记得，在非典时期，很多职工默默无闻地奉献，例如首农食品集团的员工赵凤奇，他的爱人是医生，需奔赴抗击非典一线，而赵凤奇自己则守在粮食供应一线；夫妻俩无暇顾及家务，只好把当时还小的孩子托付给老人，牺牲小家，成全大家。作为北京大型国有粮食企业的一员，许许多多普通职工敢于担当，在非常时期忘我奋斗，稳粮价、保供应；在突发事件面前，他们没有后退，而是用实际行动践行初心。

首农食品集团是北京的"菜篮子""米袋子""奶瓶子""肉案子"，担负着首都市民日常粮食供应的任务。"我们这几年打造了保障首都市场供应的三道防线，"王国丰说，"第一道防线就是环六环一小时生活保障圈，我们的产品一小时就能送到北京的核心区。第二道就是京津冀的三小时应急保障圈，还有一个就是环渤海六七个小时的应急响应圈，这样就构建起了三道保障首都市场供应的应急保障圈。"

34岁的葛明元是北京通州大杜社粮库的仓储保管组长，已经在大杜社粮库工作9年多了。他平时主要负责粮食安全方面的工作，包括检查粮情和粮食温度、水分、虫害等。为保证入库的粮食安全，运来的粮食须先经过化验。化验室会对粮食进行水分检测、杂质检测，以测定粮食的容重，判定它们的等级。"现在可以检查真菌毒素，铅镉超标都能查出来，各项指标都合格之后，才可以入库。"葛明元说。

每天早上7点多粮食开始入库，看着车辆出入仓库运送粮食，葛明元对粮食的感情越来越深。"我有一个习惯，"葛明元说，"每次车辆卸完粮之后，我都在车周围检查一下有没有散落粮，包括车厢里面、死角缝隙里面的粮粒，我要用小笤帚把它清理出来，对粮食就像对待自己孩子一样，它是有生命的。我见不得浪费粮食，这样才能做到颗粒归仓。"葛明元说，大杜社粮库是京津冀粮食保障圈中的一环，他作为一名预备党员，要向优秀共产党员学习，做一名优秀的守粮人，为储粮安全保驾护航，"宁流千滴汗，不坏一粒粮"。

三道粮食安全保障圈的形成得益于中国粮食主产区的变化。千百年来，"湖广熟，天下足"，是我国"南粮北调"生产供应格局的真实写照。然而在过去的30年里，随着工业化、城镇化的快速发展，曾经肥沃的两湖、两广和"江南鱼米乡"等传统的粮食主产区的粮食贡献率逐年下降，东北三省逐渐成为全国最大的粮食主产区和粮食输出地。从"南粮北调"到"北粮南运"，中国千百年来的漕运历史正在被改写。

2018年，一列编组55辆满载2750吨玉米的30702次集装箱班列，从黑龙江绥化站缓缓驶出。这趟"北粮南运"的集装箱班列，将行驶30个小时，到达辽宁丹东港接续海运，直接将集装箱发往我国东南沿海省份，真正实现陆海联运。

"为了满足首都的粮源供应，集团在河北、黑吉辽，包括内蒙古这些粮食的主产区，投资建设掌控这些粮源基地有两三百个，年收购一手粮源超过1000万吨，年粮食贸易经营量达到3000多万吨。通过这

| 葛明元在北京通州大杜社粮库工作现场 |

第三章　天下粮仓　粮藏天下

些加工基地、物流基地的建设带动当地经济的发展，也助力东北经济的振兴，同时也保障了首都的粮食供应。"如王国丰所言，首农食品集团在推动"北粮南运"、确保首都粮源充足方面付出了巨大的努力。

2020年春节前，猝不及防的新冠肺炎疫情席卷全国。在这场突如其来的战"疫"面前，无数医务工作者迎难而上，奔赴抗疫前线，筑起一道道护卫人民生命健康的防线，人们亲切地称他们为"最美逆行者"。就在大年初四，1月28日这天，有一路人马悄然从北京出发，驾车北上，马不停蹄直奔1200公里外的东北腹地。

"当时集团通知我们，疫情在全国蔓延，需要启动紧急的保障机制。"北京古船米业有限公司副总经理陈剑峰回忆道，"接到集团的通知之后，就打电话把我们住在河北和北京周边的密云、顺义的职工，让他们到单位集合。"

说起那个令人难忘的春节，古船米业公司研发制造事业部部长马旭仍清楚记得，当时是在大年初二下午，他正在陪家人一起过年，突然接到公司党总支的电话，通知他说疫情开始蔓延，需要他们及时赶往吉林榆树基地组织生产。

次日，公司便召开动员大会，决定成立一支党员突击队，来支援榆树基地的生产工作。这支驰援榆树基地的党员突击队迅速集结完毕。彼时彼刻，队员心中只为一件事，就是要让首都"米袋子"在疫情期间保供无虞。

"初四，也就是1月28日，"陈剑峰说，"我们党员突击队一共是10个人，早晨起来，7点50分在公司宣誓。我清清楚楚记得，我们最后一句话就是'不获全胜，绝不收兵'。"

1月29日，榆树基地的生产状态恢复正常，一天24小时进行生产。当天，1月27日生产的第一车保障首都市场供应的大米就发到了北京。"当时装了将近40吨，因为是初三一天生产的，一个班生产的，而且都是小包装，北京市粮食局要求我们尽量制作小包装，小包

| 驰援榆树基地的党员突击队出发前向党旗宣誓 |

装的覆盖面广。初五我们就正常生产,每天大概就是120吨到150吨大小包装,持续地,三个车发往北京。"陈剑峰说。那一周正好是当地最冷的时候,晚上最低气温可达零下35摄氏度到零下38摄氏度,但因为要抢时间、抢任务,榆树基地工作人员仍以最快的速度把北京市粮食局的成品储备粮装车,发到北京。

就这样连续奋战了三天,1000吨粮食终于顺利完成装车,及时运往北京,保障了首都粮食安全供应。其实,像陈剑峰这样的基层党员干部还有很多,正是他们,用辛勤的汗水以及"舍小家为大家"的精神呵护每一粒粮食,为我们建起了一座座丰收的粮仓。

1994年夏天,美国世界观察研究所所长莱斯特·布朗曾发出这样的疑问:"21世纪,谁来养活中国?"如今,再也没有人会提出这样的问题了。2020年,全国粮食总产量为13390亿斤,比上年增加113亿斤,增长0.9%,产量连续6年保持在1.3万亿斤以上。一百年光阴似箭,中国人从物资短缺到衣食无忧,从解决温饱迈向全面小康。在粮食安全问题成为全球性挑战的背景下,中国人不但牢牢端稳了自己的饭碗,还让碗里盛满了中国粮。天下粮仓,粮藏天下!

札 记

能赶上一个好时代是一个人最幸运的事,无疑我是幸运的,能够通过《旗帜》这部纪录片的创作,深入梳理和剖析这座城市百年来的发展路径,作为一个土生土长的北京人,能够参与其中,更加感到意义非凡。

从1921年到2021年,从一叶扁舟、星星之火到中流砥柱、民族先锋,从革命战争年代的前赴后继、社会主义建设时期的艰辛探索,到改革开放的伟大实践,再到中国特色社会主义新时代的砥砺奋进,让我深刻体会到我们的城市、我们的祖国在中国共产党的坚强领导下，一步步走向富强的历程是多么艰难，今天的生活是多么来之不易，更由衷地感到没有共产党就没有新中国。

小时候，经常听老一辈说起过去吃不饱饭的经历，但却并没有切实的感受。在《旗帜》纪录片中，我策划制作了一期非常重要的选题，就是"粮食"。作为"80后"的我，虽然没有经历过曾经艰难的那段岁月，但为了能够以真实的记录再现那些曲折、磨难，我查阅了很多老素材，许多画面在我脑海中久久挥之不去，我仿佛回到了那个食不果腹的年代，感同身受地重走了一百年的粮食变迁之路。

在这期节目的采访过程中，让我印象最深的是一支党员突击队。在2020年新冠疫情最严重的时候，首农食品集团为保障首都粮食安全供应，大年初二组建了党员突击队火速支援吉林榆树粮源基地的生产加工任务，仅用三天时间就向北京运送1000吨成品粮。我们也专程赶赴榆树粮源基地进行采访，当我们从书记的手机中无意间看到了当时紧急调运粮食的视频时，那种无畏的力量再次震撼了我们，零下30多摄氏度的深夜，又有多少衣物能够真正抵御彻骨的寒冷？我想唯有一腔热血了吧！

从北平解放前人民解放军穿越火线运粮进城保民生到今天党员突击队不惧疫情保供应，正是中国人民固有的奉献精神为我们建起了一座座丰收的粮仓，不但让国家牢牢端稳了自己的饭碗，还让碗里盛满了中国粮。

王　超

大 城 北 京 百 年 成 长 记

1921
—
2021

第四章 人民之城

北京，这座存在了三千多年的城市，被建筑学家称为世界的奇观，一座卓越的纪念物，一个伟大的文明的顶峰。今天，当我们站在中国共产党成立一百周年的重要时刻，回望这座城市自20世纪20年代到此时的旧貌新颜，沧桑巨变，不由得在内心发出深深的感慨，那就是，这座城市一直在被伟大的理想塑造着，改变着，成为真正意义上的首善之都，人民之城！

一

1945年的春天，人民抗日力量持续对日展开攻势，抗日战争到了最为关键的时刻。陕西延安杨家岭，在一座可容纳数百人的大礼堂里，召开了一场关系中国革命命运的会议——中国共产党第七次全国代表大会。会议指出，中国共产党的任务就是要用全力去争取光明的前途和光明的命运，放手发动群众，壮大人民力量，打败日本侵略者，解放全国人民，建立一个新民主主义的中国。面对兵戈扰攘的时局，站在礼堂中的毛泽东十分乐观，已经开始憧憬着未来：将来要建一座万人大礼堂，在那里商议人民的事宜。

在取得抗日战争、解放战争的胜利后，1949年10月1日，中华人民共和国成立了，中国人民从此站起来了。翻身得独立、解放、自由的中国人民投入到翻天覆地的社会建设中。转眼来到1958年，社会主义改造和国民经济第一个五年计划已经完成，新的一年，人们普遍感受到一股"乘长风破万里浪""鼓足干劲，力争上游"的气息。

9月初，一份加急文件从北京市政府发往国内17个省市，要求名单所列的30多位建筑界顶级专家火速赶往北京。新中国成立的第九个年头，突然召集这么多建筑专家赴京，究竟是所为何事呢？

这还要从1958年夏天说起，中共中央在北戴河召开会议，做出了一个彻底改造北京城旧貌的重大决定：为庆祝新中国成立10周年，将在北京新建一批标志性的新建筑，统称为"国庆工程"。这些专家正是被邀请前来参与"国庆工程"的,而这其中体量最大、最受人们关注的便是"万人大礼堂"的建设。毛泽东主席在杨家岭的那个设想在13年后被正式提上了日程。

任务落到了沈勃身上。沈勃,原名张豫苓,我国著名建筑师,时任北京市建筑设计院副院长。1958年,沈勃的儿子张路,当时还刚上小学一年级,他记得1957年父亲去了一趟苏联,回到北京之后,马上就接到了这个任务,说为了庆祝新中国成立10周年,要建"十大建筑",这个过程非常快、非常紧张。张路回忆说:"接到任务后,大家心里都没底,这么多工程怎么完成啊?那么就想到了要请全国的专家一起来。当时我父亲就和中国建筑学会的秘书长汪季琦,他们两位拟了一个名单,三十多人的名单,像上海的陈直、像湖北的杨廷宝,当然北京还有很多专家了,张镈、张开济、赵冬日等等,还有清华的吴良镛,著名专家全部都请到了北京。"

1958年10月,李国胜所在的北京市规划管理局设计院第一设计室承担了人民大会堂的设计工作,25岁的他是技术员,被分到大会堂结构组工作。现在,他自豪地称自己是大会堂建设的"活档案"。回忆当时的情景,他难掩豪情与激动:"北京市政府传达会议的时候,人民大会堂的功能已经提出来了,叫万人开会,第二功能是五千人的宴会,再有一个功能,人大常委会办公楼。"

万人大礼堂的建设毫无先例可循,莫斯科克里姆林宫最大厅堂可容纳6000人,陆续建了200多年;英国议会大厦最大厅堂不到2000平方米,历时20年;美国国会大厦最大厅堂可容纳3000人,历时55年。而新中国要建的万人大礼堂从设计到完工只有不到一年的时间,这简直是一个不可能完成的任务。

1958年9月8日,一场专门为"国庆十大建筑"举办的动员报告会在中央电影院进行,时任北京市副市长万里作动员报告。张路说:"当时万里同志在首都电影院(注:应为中央电影院,现北京音乐厅)

动员时候的讲话，激动人心。其中就讲到，不是有人不相信我们能建成现代化的国家吗？不是有人说我们这也不行、那也不行吗？那么我们就要用我们的实际行动来告诉他们，我们是可以做到的。大家听了以后都非常激动，热血沸腾。一共10个多月的时间，要完成这么大一个建筑，这应该说是史无前例的，根本是不可能完成的事情。但是大家还是都是咬着牙把这事接下来了，而且一定要把它完成。"

20世纪50年代，新中国刚刚成立不久，百废待兴，有人断言，中国人不可能建成这样的万人大礼堂。他们满眼都是困难，都是不可能，唯独没有体会到当家做主的中国人民建设新中国的巨大热情。当家做主的中国人民满腔热忱地投入到新中国的建设中，这种热情可以克服一切困难，让不可能变为可能。

万人大礼堂的专家们在一个月的时间内共提出平面方案83份，立面方案189份，最终得到周总理的首肯。1958年10月28日，万人大礼堂终于破土动工。

那是一个激情燃烧的年代，新生的共和国如旭日东升，气象万千。4100名建筑工人将天安门广场变成了热火朝天的大工地，一个个突击队日夜不停地轮流作战。北京的冬季，天寒地冻，滴水成冰，一般都是零下十几摄氏度到二十来摄氏度。李国胜还记得："全国来了二十多个单位，三千多人，有浙江的、广东的，全国好多地方来的，全都支援到北京来。最多的时候在现场有一万人，一天里头一万人次。"

工地上热火朝天，工友们废寝忘食，奋勇争先。全国劳动模范，后来担任北京市副市长的张百发也曾参加建设，他回忆起当时的情景说："我那时嗓子失声，领导照顾我，把我关在一个小屋里睡会觉，睡不着，因为任务没完成，搁谁也一样，压力很大，睡不着觉，我从窗户跳出来，继续在现场指挥。"曾任首都建设报社社长、总编辑的荀永利在参与一部专题纪录片中有过一段采访，他回忆说："在人民大会堂这个工程当中,能够这么快地完成,其中一个特别重要的因素,就是我们的年轻人,就是我们所说的中国青年突击队。他(张百发)讲了一个故事,说当时领导找他,他是突击队长,说'百发,你要想让大家了解你、认同你,对你有一个很好的评价,你们就得干急难险重的活,突击队,这儿有一个化粪池,别人不跳,你们得跳下去'。粪池啊,最后他们都下去了,干完了以后,说大家对他们都伸大拇指,青年突击队太棒了。"

万人大礼堂建筑面积达到17.18万平方米,相当于24个足球场大小,调集了全国18个省、自治区、直辖市的7000多名能工巧匠,所有的建筑材料和施工设备来自23个省、自治区和直辖市。

回想在杨家岭的百人大礼堂里,毛主席曾经说过,动员人民力量,建立新中国。大会堂的建设就是人民力量的浓缩。拆迁的群众说:"党要求咱们做的事,咱一定不能含糊。"张百发说:"有这么一批人基本都是解放前受过苦的人,尝到了新社会的甜,就是死也要死在这块,它有那么一种无限的精神。"

在荀永利看来,老百姓原来是被压迫的,现在翻身解放了,共产党来了,新中国成立了,他们跟过去是从心里头就不一样。他说:"(老百姓)自己是主人了,那么主人给自己干活和给地主干活、给资本家干活不一样,所以他就把自己身上那种能量、劲头全都拿出来,要大干一场,要大干社会主义,大家都把青春和热血洒在火红的年代里。"

成千上万的义务劳动大军自发地来到工地上,他们当中,有参加过万里长征的老红军、有中国人民志愿军归国的代表团、有学生、有工人、有农民、有妇女,甚至有在北京火车站候车的乘客也会利用候车的时间来到工地上担几筐土、搬几块砖。据统计,在人民大会堂的建设中,先后有30万人次参与到了义务劳动之中。新中国成立后的第一个十年里,人民群众就是以这样的热情和斗志建设着首都北京。

| 人民大会堂立面方案图 |

|人民大会堂建设工地|

人民的力量创造奇迹，万人大礼堂在历经了10个月建设之后如期落成。毛主席14年前的夙愿在这一刻成为现实。站在恢宏的大会堂内，毛主席给它起了一个响亮的名字——"人民大会堂"！

1959年9月30日19点整，庆祝中华人民共和国成立10周年盛大国宴如约在人民大会堂宴会厅隆重举行，毛泽东、刘少奇、周恩来、朱德等党和国家领导人与来自83个国家的重要贵宾欢聚一堂。在1959年的中国，这无疑是一场震撼人心的盛宴。

然而就在中外宾客频频举杯的时候，谁也不会想到，在他们头顶的天花板上竟藏着50多名手持棉袄，随时准备灭火的老工人。

这是怎么回事呢？"9月29号，我父亲突然接到刘仁同志办公室电话，让他赶紧去。到了刘仁同志办公室，有两个北京市公安局的领导在那儿，刘仁同志就说宴会厅顶子不安全，我父亲就蒙了。当时，上边梁都是木头的，电线在木头上边走，如果万一打火，这事就大了。我父亲说，这个事情我们事先是做了充分的准备的，所有的电线都是从管子里边走，它不会暴露在外边，所有的接口我们都检查，而且木头也做了防火的处理，应该是安全的。后来两边就争这个事，后来我父亲说那您要说不安全怎么办？刘仁同志说如果说不安全，那就得请示政治局换地方。"张路回忆说，这就是拼了，最后决定不换地方了，但要把防火措施做好。为了保证安全，国宴的时候，50个老工人在顶棚上一人拿一个棉袄，万一哪儿打火，上去拿棉袄扑灭，我父亲跟张洪顺说咱俩今天脑袋别裤腰带上了。

沈勃多年以后回忆当时的一幕，记忆犹新："我当时脱口而出，今天人民大会堂的使用是安全的。后来因为紧张，周总理的开幕词一个字也没听见。"掷地有声的保证，显示着建设者们的自信。这座举全国之力所建的宏伟殿堂作为共和国历史的一部分，从此亲历和见证了无数个影响历史走向的瞬间。

今天，参与过人民大会堂建设的主要人员都已是耄耋之年，有些

| 沈勃 |

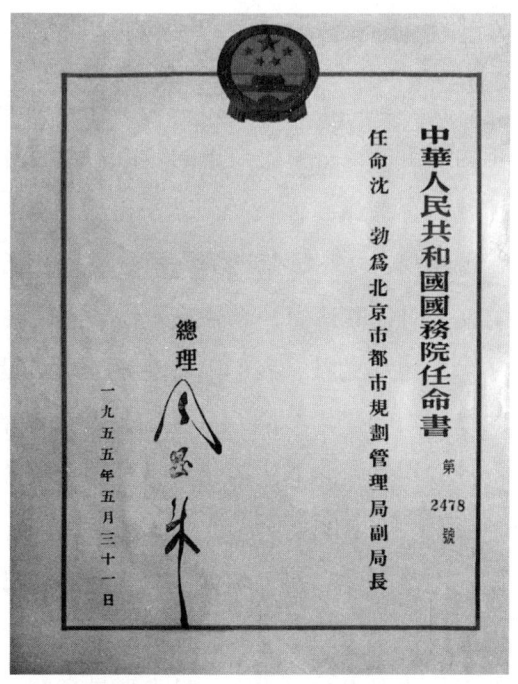

| 沈勃的任命书 |

也已魂归故里，但是他们创造的奇迹依然被后人称奇，他们的精神依然激励着后来人。在张路家里，我们看到沈勃先生年轻时的照片和委任状。

张路说："周总理在人大会堂工地看望工人、视察。我父亲陪着周总理跟工人，周总理的作风真是跟人民群众打成一片。"

中国人民革命军事博物馆、民族饭店、民族文化宫、人民大会堂、中国革命和历史博物馆、北京火车站、北京工人体育场、钓鱼台国宾馆、华侨大厦、全国农业展览馆构成的"国庆十大建筑"在长安街及周边落成，昔日的"十里长街"旧貌换新颜，结束了古都北京以紫禁城为中心的布局。延长后的长安街成为新时代北京的城市轴线，与原有的中轴线形成了完美的对称，构成了新北京的纵横两轴，被誉为"神州第一街"。

作家张恨水曾在《五月的北平》中描写道："北平不仅是王侯将相的城市，也是平民布衣的城市。在五月里，你如登景山之巅，对北平城作个鸟瞰，你就看到北平市房全参差在绿海里。"从帝王之城到首善之都，从皇家禁苑到人民之城，从历史走向现代，北京城的变化见证了时代的伟力，承载着一代又一代共和国人的梦想与荣光。

2020年初秋，我们随着北京市建筑设计研究院有限公司总建筑师刘晓钟来到景山公园，寻找旧日北京城的模样。北京的变化太大了，也只有在景山之上依稀还能寻找到一些曾经的模样。登上山顶，刘晓钟说："在景山这个高度，能够看得到过去的痕迹，因为老北京那时候基本是平房和四合院，在这儿能看到过去的很多痕迹。从这儿能看得出来，在二环以里那一带，基本上是平房。那个时候真正的北京高度就是这根中轴，故宫、景山那是高的。你要看老北京，基本上是灰瓦，然后是树，这边是故宫，再就是金顶，金顶灰瓦在绿树当中隐映，穿插了胡同的痕迹，也是很美的。"

在1978年以前，全北京8层以上的建筑，大约只有14幢，大多数老百姓所住的还是以平房为主。然而作为新中国的首都，北京的人口从1949年的420万人上升到1978年的870多万人，原来的四合院早已成为一院多家的大杂院，市民居住面积不足5平方米，北京急需大量的住宅建设。1977年10月12日，经北京市批准，"北京市建委统建办公室"正式成立，专门负责建设住宅，再由政府分配给所需单位，这就是很多人记忆中的"福利分房"。

刘晓钟说："解放前，或者刚解放那一段时间，差不多人均才2到3平方米，等到后来发展也就到5平方米左右，那时候基本上就是平房。在50、60年代，实际上是有了多层，而且是单元式住宅了。像70年代初期的时候，国家要改善生活，要重视百姓的居住条件，所以在前三门那一块做了5公里长的前三门大街。"

我们和刘晓钟总建筑师来到前三门住宅区，眼前看到的一片楼宇就是"统建办"建设的第一个项目"前三门住宅区"。这是北京市当时规模最大的高层住宅建设，10多层的大板楼，从崇文门一路向西建到宣武门，场面格外壮观。刘晓钟说："它（前三门住宅区）应该说相当于是一个转折点。那个时候感觉应该说是欣欣向上那种，热火朝天，大家对未来有一种期望，在当时的影响蛮大的。"

当时前三门大街住宅区的户型是什么样的呢？刘晓钟说："都是56平方米的，基本上是两个卧室、一个厨房、一个卫生间，那时候算指标的时候，按一户3.5或3.2个人左右去算，合下来差不多人均在15、16平方米，大概是这样的，跟建国初期比起来，就已经提高得很多了。"在今天看来，一个三口之家住在56平方米的两居室显然有些拥挤，但在当时，"单元房"是一个时髦而新鲜的概念，谁家能分得这样一套自住房，可谓举家欢庆的一件喜事。

| 1978年建设中的前三门住宅区 |

| 1980年前三门住宅区刚刚建成 |

我们与前门街道居委会取得联系，特意来到一家住户进行实地走访。张德忠老人今年已经78岁了，38岁时从胡同里的大杂院搬进了前三门住宅区，有幸成为第一批住户。在这套56平方米的房间里，他们养育了两个女儿，还有外孙。今天，女儿们都已经有了自己的大房子，都搬了出去，而老两口还是喜欢自己的这套房子，一直居住于此。

记者问道："您搬到这个地方是哪一年呢？"

张德忠说："那是1980年，40年了。"

记者问："这个房子建成您是第一批住户？"

张德忠点点头说："对。"

记者问："当时是什么条件让您搬进来的？"

张德忠说："就是国家征用土地，然后给我分配到这儿了。"

记者问："您以前住的房子是什么样的呀？"

张德忠说："我就住的不到7平方米，几口人呢？一开始两口人，后来四口人，俩闺女，四口人挤不到8平方米，7平方米多，你说紧张不紧张？"

刘晓钟说："人均不到2平方米。"

张德忠说："相当的紧张，那房子很简陋，就是个灰顶房子，下雨要漏了渗水的话，抹一层灰就完了。里边就是纸棚，那会儿叫糊纸棚，年年都得换，一拆重新弄高粱秆搭架子，弄了之后往上糊。"

记者问："那冷吧？"

张德忠说："冷，最冷的时候屋里零下10度左右。那会儿还没有羽绒服呢，我老娘给我做大棉袄能把我装进去，她怕我冷啊，那没办法，就那个环境，所以愿意改善。"

记者说："就是天天盼着能搬是吗？"

张德忠："盼着搬。"

记者问："当年大多数老百姓住的房是不是都这样？"

刘晓钟说:"都是这样,咱们做过统计,建国初期那个时候大概就是两三平方米,按照当时的人口跟房子的存量做过统计,当然现在将近40平方米了。"

张德忠说:"当时我孩子还小,上一年级,大的才上四年级,感觉高兴得很,孩子非常高兴,我们也高兴。你的居住环境改善了那么多,当然高兴了。那高兴怎么形容呢?你们记者会形容这个,我形容不出来,有一飞冲天的感觉,这个好,太好了,暖和。"

记者问:"您搬进来这栋楼里就自带暖气?"

张德忠说:"对,集中供暖!热到什么程度,大约27、28度。"

记者说:"那太幸福了。"

张德忠说:"幸福得都有点过分了。在那边零下10度,到这边27、28度,热得我脖子上起大包,上火呀。"40多年过去,回忆当时的情景,张德忠老人依然十分满足。

刘晓钟说:"到了这个楼房之后,整个条件完全不一样了,水、暖、电都是按照国家规定去做的,设施都有了,有单独的厨房,有独立的卫生间,从生活上是完全改变了。"

这片高层住宅给很多家庭带来了幸福,也给中国的建筑业带来了重大影响。时任国务院副总理邓小平视察前三门住宅楼时,突然问了一个问题,把当时在场的人都问住了,他说:"居民住房可否成为商品呢?"在计划经济的时代,这么一个前沿的提问抛出后,现场没有一人敢回答。但也正是这样一个提问,引发了一个产业的重要转变。

1980年,中共中央、国务院在批转《全国基本建设工作会议汇报提纲》中正式提出住房商品化政策。国家规定:准许私人建房,私人买房,准许私人拥有自己的住宅。1983年的《北京城市建设总体规划方案》中也将住宅建设纳为重点工作落实。北京逐渐矗立起一个个大型住宅区,以此来满足不断增长的人口需求和人民对美好生活的向往。

第四章　人民之城

20世纪80年代，北京街头，如流的自行车，时髦的青年，跳着迪斯科的舞者，随处可见的亚运会标识，记录着改革的春风带给这座城市和人民的变化。"亚洲雄风震天吼"唱出了多少中国人扬眉吐气的心情，也加速了北京城镇化的进程。从1993年到2000年，北京城市建设投资达到3198亿元，北京城扩大了近百平方公里，古都北京逐渐褪去了旧色，迎来了新的纪元。

在北京冬奥会主赛场速滑馆的建设现场，我们见到一位令人羡慕的设计师——"双奥"总工程师。拥有这样傲人经历的工程师，目前全世界仅此一人，他就是李久林。

李久林介绍说，他是2018年1月份正式加入这个工程的，到现在已经3年时间。他说："我们希望为运动员打造一块最快的冰，将来能够出更好的成绩。比如说我们的索网，应该说在全世界的体育场馆里是最大的一个索网结构。包括二氧化碳制冷制冰技术，应该也是我们冬奥历史上的首次（使用），可以说为冬奥会整个场馆的建设树立了新的标杆。主要的技术，从设计到建造，主要是采用了我们自主的技术来完成的。"

谈及建设冬奥场馆，李久林信心十足。他深感，今天的从容源于17年前的那场全民奥运工程。

1908年，教育家张伯苓曾提出三个问题：什么时候中国能派运动员参加奥运会？什么时候中国能拿到第一块奥运会奖牌？什么时候中国能举办一次奥运会？回答第三个问题，中国用了整整100年时间。2008年，中国人终于迎来了期盼已久的奥运会，狂欢、呐喊，自信在每一个人的心中绽放，"同一个世界，同一个梦想"的标语遍布大街小巷。历届奥运会的主会场都会成为举办城市的地标和奥林匹克运动史的坐标。北京奥运会的主会场国家体育场就是这个时期世界的关注焦点，它的设计稿一经对外公布，便得到了一个有趣的名字——"鸟巢"。

李久林时任北京城建集团总工程师及国家速滑馆公司副经理、总工程师，当时只有35岁，时代给了他历史性的舞台与前所未有的机会。他说："能够为百年奥运梦想做一些自己的事情，做一些实质性的贡献，是非常高兴的。但是实际上真正介入这个工程，开始熟悉这个工程，研读设计方案的时候，我们感到了巨大的难题，完全颠覆了我们过去建设的思路。"仅从图纸上看，就足以想象这个建筑的庞大和标新立异。它完全打破了常规建筑的线条感，以非线性的外形吸引了人们的目光，也以这种特性带来前所未有的建筑难题。2003年8月，由北京城建集团、中国建筑及设计研究院、国家体育场有限责任公司、清华大学、同济大学等30多个设计、施工、高校、科研单位组成的"鸟巢"科研团队正式成立。这一年，李久林带领着一群年轻的建筑师和科研工作者，开启了历时五年的创新之旅。

李久林说："整个鸟巢来讲，最有代表性和技术难度最大的还是它的钢结构工程，我们这次首次使用了Q460高强钢厚板，这个材料本身的制作和焊接的技术都是全新的。第二个呢，鸟巢它是一个全焊接的结构，我们有30万延米的焊缝，整个焊材使用了将近2000吨，而且涉及到了横、平、立、仰各种焊接位置，很多都是我们焊接技术的禁区，通过这个项目，我们进行了大量的焊接试验和焊接工艺评定工作，也培养了900多名的高水平的焊工。攻克了这个技术难题，我们的这个焊接也代表国家首次获得了国际焊接的最高奖。"

又是一个毫无先例的超级工程，这座占地20.4公顷，用钢量达到11万吨，焊缝达到30万延米的庞然大物，竟然是焊接起来的！30万延米的焊缝，我们的建设者用相当于绣工一样的巧手，将鸟巢一米一米地焊接在一起，不愧是"大国工匠"。这样精湛的技艺让国际建筑界的同行竖起了大拇指，尊称这座中国人自主建设的现代化建筑为"焊绣鸟巢"，它被誉为"史无前例的大型钢结构焊接奇迹"。李久林说："国外也没有同样类型的建筑，所以这种创新性对于我们是巨大的技术挑战，实际上对国际同行来讲也是巨大的技术挑战。所以在鸟巢建设过程中，国外的同行见到我的时候也在说，你们能把鸟巢建起来，其实也没有什么你们建不了的东西了。"

国家体育场——鸟巢的建设，牵动了亿万群众的心，在整理这段时期的历史素材时，有一段并不清晰、非专业拍摄的视频感动了我们。视频记录了2006年的夏天，一个9岁的小男孩和妈妈一起来到鸟巢参观的故事。那个时候，鸟巢建筑工地是不能随意进入的，而这个男孩却在工作人员的带领下用小手仔细地抚摸着鸟巢。原来，这个男孩来自福建，因一场意外双目失明。他有一个梦想，就是能亲手摸一摸北京奥运会的主会场鸟巢。一拃一拃的测量带给9岁的孩子一个大大的世界，我们可以从他的声音中听出他当时有多么激动和自豪。孩子的心愿何尝不是亿万中国人民的心愿？中国，北京，鸟巢，成了梦开始的地方。

2008年8月8日晚8时，29个巨大的烟花脚印从永定门、前门、故宫、鼓楼这条存在了600多年的国之轴上一路"走"向鸟巢。这一夜，北京令国人无比自豪；这一夜，中国让世界刮目相看；这一夜，沸腾的何止是北京，毗邻的天津，遥远的昆明，甚至是驻守边关的士兵都在祖国的各个角落为之沸腾。以鸟巢、水立方为中心的奥运建筑群是当代中国送给奥林匹克、送给世界人民的一个巨大的惊喜。

奥林匹克建筑群、新机场等新城市景观，这些完全由我国自主研发建造的世界奇观，开启了一个全新的建筑时代，让非线性建筑成为可能。中国用实力得到了国际认可，鸟巢有8项科技成果引领世界，17项成果达到国际先进水平。之后，鸟巢的研发成果在上海的世博工程、广州的亚运工程以及北京大兴国际机场的建设中被广泛推广并应

| 国家体育场——鸟巢 |

用。大量冲击视觉的现代建筑成为新的城市景观,展现着一个国家的实力和繁荣。

四

夕阳西下,落日的余晖暖暖地抚过北京西部门头沟区潭柘寺镇的这座山峰。相传明成祖朱棣登基后便命姚广孝在北京建造皇城,那么皇上的金銮殿定在哪里呢?这成为姚广孝的难题。一日,姚广孝在梦中得到刘伯温提点:站在北京太阳落山的地方看到太阳升起之处,就是皇宫的选址之地。姚广孝便立于此峰,利用天光地影确定了明皇城的位置,因此就有了"北京城始于日上,成于日下"之说。这座山峰也就被命名为"定都峰"。

日出日落,斗转星移,600多年来,定都峰与通州大运河东西遥相辉映,倘若万里晴空,我们可以从这里顺着长安街向东遥望至位于通州的城市副中心。北京城市副中心投资建设集团有限公司党委书记、董事长李长利说:"建设副中心,实际上就是北京发展到了一个特殊时期,一个特殊节点。在1949年解放的时候,成立新中国的时候,北京才420万人口,到2015年北京的人口已经到了2170万。城市越来越大,大城市病就出来了。因此在2015年党中央提出要建设北京城市副中心,疏解非首都核心功能,推动京津冀协同发展。"

北京奥运会之后,这座城市被赋予了更多的社会功能,迎来了更多的国际盛事,世界人才大量涌入。第六次全国人口普查结果显示,北京市常住人口提前10年突破了总量控制在1800万的目标。首都北京急需一次具有超前意识的城市升级。北京市规划和自然资源委员会副主任杨浚说:"建设城市副中心与河北雄安新区两个新城,从而形成北京新的两翼,是疏解北京非首都功能,推进京津冀协同发展的历史性工程,是千年大计、国家大事。"

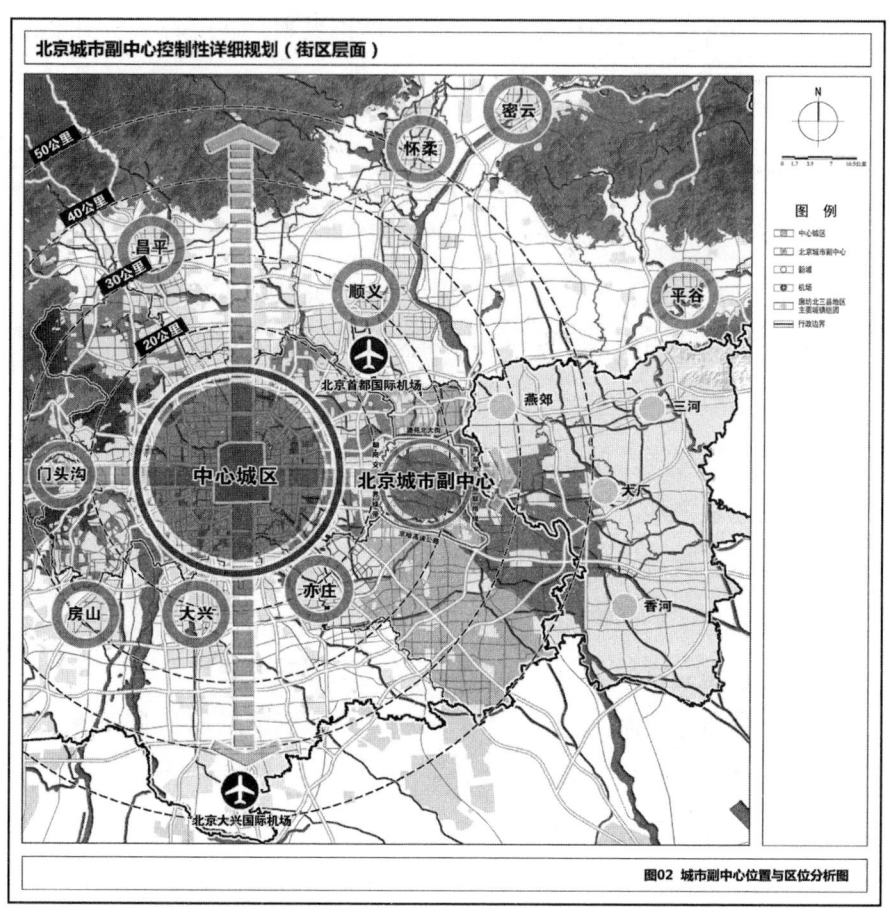

| 城市副中心位置与区位分析图 |

北京城市总体规划（2016年—2035年）
图02 市域空间结构规划图
至大庆
至崇礼
至兴隆
至拉萨
至乌鲁木齐
生态涵养区
延庆
怀柔
密云
50公里
昌平
平谷
30公里
中轴线及其延长线
顺义
15公里
长安街及其延长线
门头沟
核心区
北京城市副中心
至山海关
中心城区
京唐秦发展轴
亦庄
至哈尔滨
房山
大兴
京保石发展轴
北京新机场
至唐山
京津发展轴
至汉沽
至昆明
至香港、澳门
至广州
至霸州、河北雄安新区
至福州
至上海
图例
一核：首都功能核心区
一主：中心城区
一副：北京城市副中心
两轴：中轴线及其延长线、长安街及其延长线
多点：五个位于平原地区的新城
一区：生态涵养区
位于生态涵养区的新城
N
比例尺
0 5 10 20 30公里

| 市域空间结构规划图 |

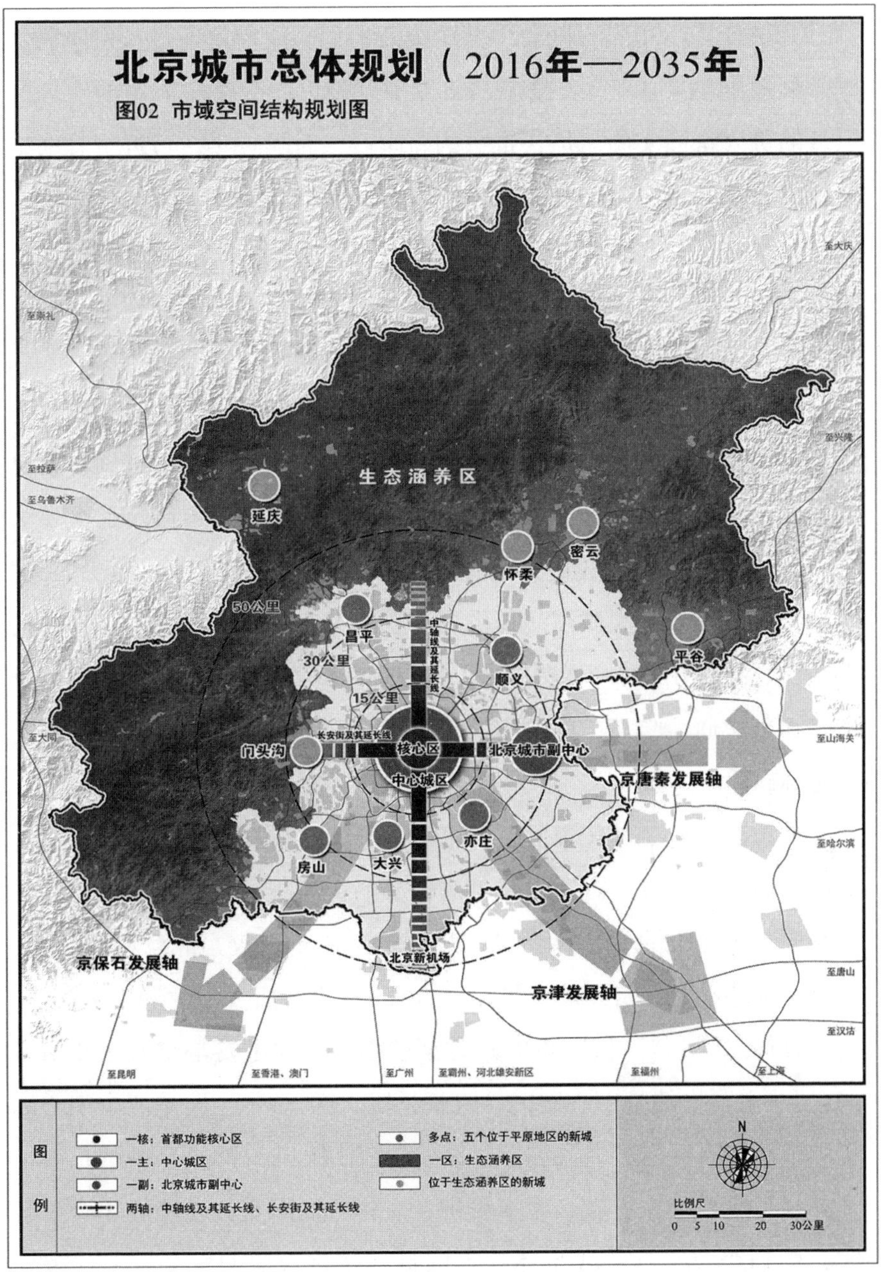

2015年4月30日,随着中共中央政治局会议审议通过《京津冀协同发展规划纲要》,一个覆盖21.6万平方公里、一亿多人口的宏大国家战略进入全面实施、加快推进的新阶段。时隔一年,习近平总书记主持召开中共中央政治局会议,听取了关于规划建设北京城市副中心和研究设立河北雄安新区有关情况的汇报。习近平总书记指出:"在新的历史阶段,集中建设这两个新城,形成北京发展新的骨架,是千年大计、国家大事。"

李长利说:"(副中心)从功能上要承接非首都核心功能,同时要带动京津冀地区的发展,也就要成为中国新型城镇化的示范区,京津冀区域协同发展示范区,国际一流和谐、宜居之都示范区。那么怎么样成为宜居呢?当时我们采取了副中心先植绿后建城(的办法),其实也在为世界治理大城市病提供副中心的方案。未来的副中心,要推崇骑行、绿色出行,也就是要建15分钟、30分钟的生活圈,这30分钟是绿色交通,骑车,都不用再坐公交、开车。而且这个路,基本上都是林荫路。"

城市副中心、雄安新区、京津冀协同发展等一系列的城市规划,突破了城市的边界,打造以首都为核心的世界级城市群,以宏大的历史视野规划了北京令人期待的未来。这一步不仅仅是北京城的巨变,更是促进环渤海经济发展、带动北方腹地发展的重大国家战略。

具体来说,"一核"指的是首都核心区,即主要是东城区和西城区;"一主"指的是中心城区,也就是城六区,"一主"是四个中心的集中承载区;"一副"指的就是北京城市副中心;"两轴"中的长安街及其延长线是国家行政、军事管理、文化、国际交往功能的一个承载区,中轴线及其延长线是体现大国首都文化自信的一个重要代表地区;"多点"指的是位于平原地区的顺义、大兴、亦庄、昌平、房山五个新城,是承载中心城区功能和人口疏解的一个重点地区;"一区"指的是生态含氧区,包括门头沟、平谷、怀柔、密云、延庆,以及昌

第四章 人民之城

平和房山的山区地区,这是北京生态屏障和水源的重要保护地,核心任务是保障首都的生态安全。北京市规划和自然资源委员会副主任杨浚说:"这样的分圈层的空间布局,可以更好地处理'都'和'城'的关系,更好地落实城市战略定位,履行好'四个服务'的职能定位,去更好地改善城市的环境,去更好地推进生态文明的建设,去为实现我国两个一百年的奋斗目标,实现中华民族伟大复兴的时代使命,提供一个高质量的空间支撑和保障。

历史的车轮滚滚向前,在100多年前,再伟大的工程师、幻想家都想象不出今日大城北京的模样,用沧海桑田、天翻地覆来描述一点也不过分——一座座高楼大厦拔地而起,地铁穿越城市的每一个角落,呼啸而过、川流不息的车流如同流动的血脉,为城市增添活力,霓虹灯彻夜通明,亮如白昼……这盛世如锦,这人间烟火,值得我们去爱。

建筑是城市的灵魂,凝固的乐章,默默记录着一个城市的变迁,见证着一个民族的崛起。从1949年决定要将人民英雄纪念碑立于中轴线之上,这个以紫禁城为中心的皇权之城便开始向人民之城嬗变。70多年间,这座城市以人民所想在不断建设,以人民所愿在不断变迁,这就是中华人民共和国的首都——北京。

札记

100多年前,陈独秀先生创办《新青年》,与李大钊、鲁迅等一群有志之士开始用手中的笔唤醒民智,随之有了五四运动、中国共产党的成立……今天,我们在庆祝中国共产党成立100周年的重要时刻,用手中的笔去记录和书写这段百年历史,内心充满了敬畏与荣耀。

本书的落笔点在北京。两年的时光里,我和伙伴们深入到

北京城的肌理里,从水电气热、衣食住行、交通、绿化、商业等方方面面梳理首都北京的百年发展史。我们采访了上百位党员、群众,有104岁的地下党员,有刚刚入党的新时代建设者。服饰在变,容貌在变,但我感受到的中国心没有变。当我在档案馆翻阅那些发黄的档案时,跃然纸上的是波澜壮阔、翻天覆地的沧桑巨变。这座曾经千疮百孔的古城,这个曾经百废待兴的国家,在几代中国人的拼搏奋斗中,赢来了如今这般的富足安康。

比如我执笔的《人民之城》,它需要去梳理百年间,尤其是新中国成立后,首都北京的城市变迁。面对如此庞大的题材,一开始我感到无从下手。之后,我深陷在海量的历史素材、文字资料、书籍中不可自拔;我行走在北京的大街小巷去感受这座庄重繁华的城市;我第一次回顾与这座城市近20年的交集,深刻感悟到这座城市在我生命中不可替代的分量……当我通过黑白影像看到60多年前,全国人民义无反顾建设"国庆十大工程"的壮举时,一张张青春洋溢的脸庞,一帧帧的黑白画面,让我深切地感受到中国人民在经历过苦难之后建设新中国的澎湃激情。今朝与往昔,我穿越在百年时空中,感受着从北平到北京的巨大变迁。两年来,我沿着北京城不知道走了多少圈,逐渐地,北京在我的心里也改变了模样。20岁来此求学,便再也没有离开,但北京的大总让我感到游离。今天看来,这些年我并不了解北京。这次写作让我在"奔四"的年龄重新去审视自己的内心,去感受这座承载了青春与梦想的城市。我发现,它已在不知不觉间成为我心灵的归宿,我的心中喷涌着"我爱你,北京"的炙热情感。我提起了笔,开始了《人民之城》的撰写。

所以说,这本书承载着人性的光辉,记录的每一段历程、

第四章 人民之城

每一个故事都饱含了中国人的拼搏和伟大,字里行间都流露着今天的我们对于过去的崇敬,对于未来的热情,更充满了对于祖国的深情。

作为一名电视工作者,伫立当下,我愿用手中的笔、心中的情去如实记录下百年征程中的这些人和这些历史瞬间,让它们永不褪色地流传下去,影响、激励着我们的新青年。

张　燕

大 城 北 京 百 年 成 长 记

1921
—
2021

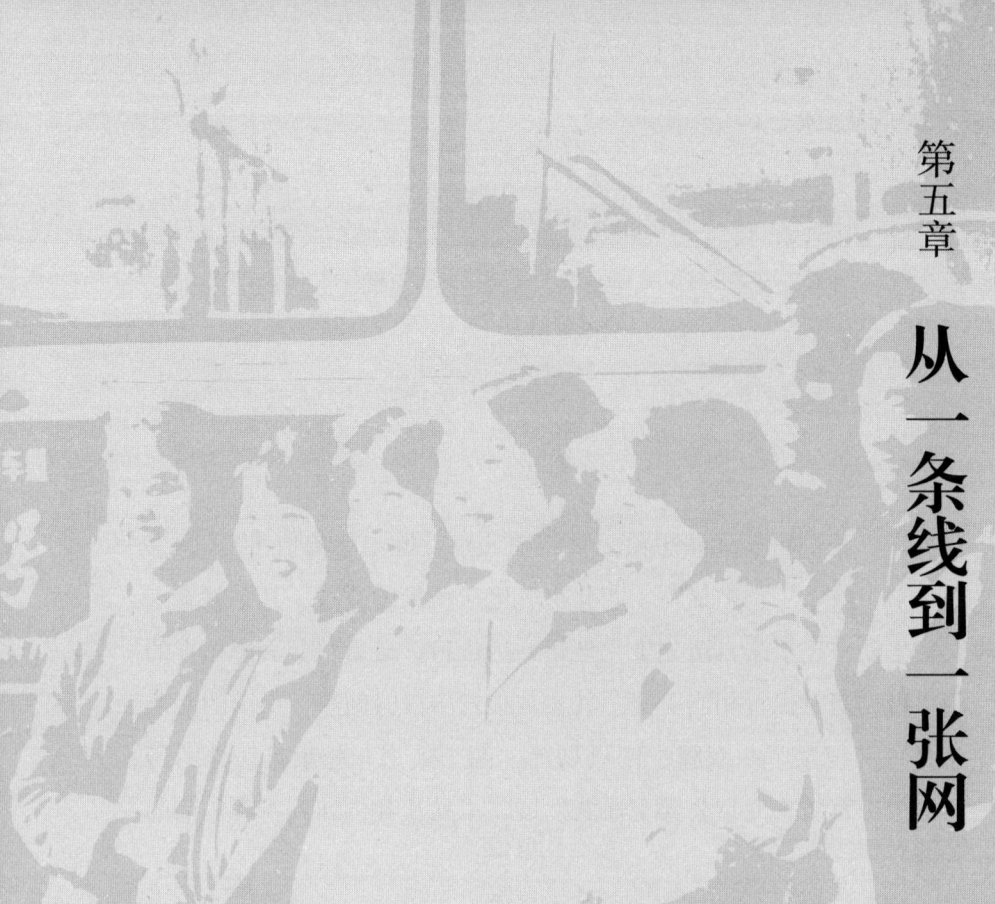

第五章
从一条线到一张网

今天,我们可能无法想象一百年前北京百姓出行的情景。《北京乎》一书中收录了很多描写"老北京"生活场景的文章,其中就有一段文字生动叙述了朱自清先生先坐轿,后步行,最后骑驴去潭柘寺的经历,可见当时出行相当不便。其实在很长一段时间里,中国的交通史就是一部记录了一双腿、四只马蹄、两个人力车轮艰难跋涉的历史。回望一百年来北京公共交通的发展,不妨让我们回到一百年前的北京城。

今天，我们可能无法想象一百年前北京百姓出行的情景。《北京乎》一书中收录了很多描写"老北京"生活场景的文章，其中就有一段文字生动叙述了朱自清先生先坐轿，后步行，最后骑驴去潭柘寺的经历，可见当时出行相当不便。其实在很长一段时间里，中国的交通史就是一部记录了一双腿、四只马蹄、两个人力车轮艰难跋涉的历史。回望一百年来北京公共交通的发展，不妨让我们回到一百年前的北京城。

1915年6月16日，担任北洋政府内务部总长的朱启钤站在正阳门城楼上，用一把特制的银镐，刨下了一块城砖。闪亮的镐头上清晰地刻着几行字："内务部朱总长启钤奉大总统命令修改正阳门，朱总长爰于一千九百十五年六月十六日用此器拆去旧城第一砖，俾交通永便。"短短几个月后，往来于正阳门附近的人发现，曾经围裹在城楼与箭楼之间的城墙不见了。数百年来通行不便的北京城，就这样开启了百年公共交通建设进程。

2021年，我们迎来了北京公交成立100周年。为什么这样说呢？这是因为，1921年5月9日，京都市政督办和中法实业公司的代表正式签订合同，成立北京市电车公司。因在当时把整车从欧洲运到中国还不是很方便，所以来的都是零部件，到了北京后就运到法华寺，在那里进行组装。1924年12月17日，电车的开通仪式在前门举行。

当第一趟由前门驶向西直门的有轨电车出现在北京街头时，立刻引来无数好奇的目光。"由徒步的人力，变成机械的现代的公共交通，那是一个很大的跨越,它毕竟快了。由前门到西直门,一个钟头行了,过去要走的话,你得走多长时间?"北京市公交总公司原副总经理希光第说。从此,北京便有了现代城市公共交通,这座城市也迈出了走向现代的步伐。

10年后,1934年,6条电车线路在京城内纵横交错,总里程49公里,客运网络初步形成,北京市民的出行变得更方便了。但是,有轨电车只能在城里服务。为了满足国内外游客的需要,北平市公共汽车的5条线路在1935年一年内相继开通。

1935年8月,北京第一条公共汽车线路开通,全长24.8公里,从东华门出发,途经西直门、颐和园,最终到达香山。这条线路持续运营了很长一段时间,意义非凡。据希光第介绍,当年毛主席住在香山双清别墅的时候,他的工作人员就是搭乘这条线路跑北京的。

然而,正当北京城的有轨电车和公共汽车"蓄势待发"的时候,抗日战争爆发了。连年的战火让这座城市满目疮痍,公交系统也遭到严重破坏。临近解放时,能运行的电车就剩49辆,而61辆在册的公共汽车中,实际能走的就只有6辆。

1949年初,解放的曙光终于照进了北京,也照亮了城里每一个人的生活。在希光第的印象中,当时人们欢欣鼓舞迎解放,广大职工更开动脑筋,自力更生,开展起轰轰烈烈的抢救公共电汽车的活动。"电车工人的热情特别高,"希光第回忆道,"年轻人可能不知道怎么体会,就是我们吃不上饭的时候,有了共产党领导,解决了大问题,又看见今后发展的前景,非常激动。所以40多天就完成了100辆旧电车的修复工作,还把电车给喷上'北京解放号''五一劳动号',都喷上字,兴高采烈。"

1950年,新中国成立后的第一个国庆节即将来临,北京到处洋溢着节日的气氛,到处是热情、豪迈、自信的人们。音乐家王莘乘坐公交车经过天安门时,看到鲜艳的五星红旗,内心激动万分。在返回天

| 原北京公共汽车候车站 |

| 结彩的北京有轨电车 |

津的列车上，他一气呵成，创作出《歌唱祖国》这支唱出所有中国人心声的歌曲。

  五星红旗迎风飘扬
  胜利歌声多么响亮
  歌唱我们亲爱的祖国
  从今走向繁荣富强
  歌唱我们亲爱的祖国
  从今走向繁荣富强
  ……

  随后，由于有轨电车噪音大、运行速度慢，且轨道铺设严重影响城市改造，北京城内的有轨电车逐渐被新型的无轨电车和公共汽车取而代之。"无轨电车的单机、无轨电车的通道，咱们准备得相当充分，这边撤了那边就开，整个的网络密度还加强，车数还增加。"希光第回忆道。可见北京的无轨电车一起步就发展得很快。

  从1949年到1959年十年间，北京城的变化可以用"一日千里"来形容。但是，年轻的共和国正经历着一场十分严峻的考验，面临着复杂的国际形势和严重的经济困难。在这种环境下，就连公交运营的燃料也难以为继了。

  没有汽油，只能以煤气代替。希光第还记得，当时公交车跑一圈就得到煤气加气站里充一回气。顶着大大的煤气包艰难前行的公交车，成为那个年代留给人们的一份特殊记忆。而这一情景，曾经深深地刺痛了一位石油工人的心。

  1959年，36岁的劳动模范王进喜到北京参加全国"群英会"，亲眼看见了公交车上的煤气包，说："北京公共汽车上的大气包，把我压醒了！"

| "背"着煤气包的北京公共汽车 |

第五章　从一条线到一张网

同年，我国东北松辽平原上发现大规模油田，因正值新中国成立10周年前夕，人们就把它命名为"大庆油田"。1960年，大庆石油会战拉开了帷幕，在这场为石油而战的斗争中，王进喜喊出了"有条件要上，没有条件创造条件也要上"的口号，后被誉为"铁人"，成为全国各行各业的学习榜样。在铁人精神的鼓舞下，广大石油工人经过3年多的奋战，让中国一举摘掉了"贫油"的帽子。北京的公交车也随之甩掉了"大包袱"，用上了国产汽油，欢快地奔驰在街头。

与此同时，关系北京城市交通建设的一项重大工程也正在紧锣密鼓筹划中。

早在1953年9月，中共北京市委已在《关于改建与扩建北京市规划草案要点》中提出："为了提供城市居民以最便利、最经济的交通工具，特别是为了适应国防的需要，必须及早筹划地下铁道的建设。"然而，受当时国内经济困难的影响，北京地铁暂缓建设，直至1964年才重新恢复。

1964年春天，随着我国国民经济的复苏、调整，北京地铁的建设再次提上了议事日程。1965年1月，李富春副总理在地铁筹建领导小组关于修建北京地铁的报告上作了批示，同意报告中的方案，后将报告呈毛主席和中央政治局常委。1965年2月4日，毛主席审阅了北京地下铁道建设方案后，对这个报告作了重要批示："杨勇同志，你是委员会的统帅。希望你精心设计、精心施工。在建设过程中，一定会有不少错误失败，随时注意改正。"得到了党中央的支持，北京地铁一期工程建设正式开始。

北京地铁开工典礼定在1965年7月1日——党的生日这一天，在玉泉路以西两棵白果树下举行，党和国家领导人朱德、邓小平、李先念、罗瑞卿等出席了典礼。"为了保留白果树，在设计的时候，过了玉泉路往西，稍微往南偏了一下。你们可能不注意，坐地铁的时候，我亲自坐了几次，体验了，到那里稍微拐了下，要不上面这棵树保留不了，也是纪念这个地方。"提起白果树，北京市地铁运营有限公司原党委书记、董事长王德兴说起了自己的亲身体验。

就这样，在党和国家的坚强领导与大力支持下，全体建设者开始了中国第一条地铁的修建。由于缺乏经验、技术和现代化机械设备，在艰苦的条件下，整个施工过程基本靠的是人力肩挑、手推、身背。王德兴是建设队伍中的一员，当时他被安排到搅拌站工作。"搅拌机，混凝土，知道吧？"他回忆道，"我那时候是推沙子、推石子、扛洋灰、扛水泥。水泥是一袋50公斤，100斤，一天8小时，不停地背，记忆非常深刻。"

北京地铁退休员工张晓雨也还清楚记得当年地铁施工的情景："我们家就在礼士路站南边，旁边就是修地铁。从地铁开始挖第一铲子的时候，我就经常到那儿去看。当时一期工程就是把长安街整个路给刨一个大坑，打工字钢，打进去，加固，钉上板，整个一个大槽，注水泥，修成一个洞子。那时候天天晚上打一个工字钢，用气锤当当（地打），我们家听得非常清楚。"

经过4年又3个月的苦战，在1969年10月1日新中国成立20周年之际，北京地下铁道一期工程建成并开始试运营，运营线长21公里，从北京站至古城路站，共设16座车站。这一重大建设成就结束了中国没有地铁的历史。在王德兴看来，北京地铁从无到有，从毛主席批示到最后的修建建设，都体现了党和国家领导人的高度重视，让他真切感受到没有共产党就没有新中国。

据张晓雨回忆，北京地铁运营初期，前去乘坐地铁的主要是有组织的参观团体："比如说，有时候是有组织的军人，就是战士，到底下来参观，很兴奋，那个年代唱一些革命歌曲。"

到了20世纪70年代末、80年代初，北京的城市人口又有了较大的增长，尽管公共汽车、无轨电车不断开辟新的线路，增加车辆配比，地铁也正式对外开放，可日渐增多的市民出行需求仍难以满足。

| 北京地铁开工典礼现场 |

尤其是上下班的早晚高峰期，乘客凭本事"挤车"成为一景，闻名全国。

"那时候早高峰的人也非常多，上车几乎都靠推，"张晓雨说，"不过那时候都是一些首钢的工人，你只要把他推上去，就是好样的。别管你怎么推，把他推上去，他可能扭头，还要谢谢你。"北京1路公交原驾驶员马庆双对"挤车"的印象也特别深，他说，那个时候自行车还未普及，大多数人乘坐公交车出行、上下班，所以到了高峰时段乘客特别多，有时候在中门售票的售票员喊着"1、2、3"往里推，推到最后可能自己都上不去了，只能从前面上车。

为了解决公共交通服务难以满足民众出行需求这一突出矛盾，在1982年编制的第四版《北京城市建设总体规划方案》中，北京市城市规划委员会将缓解北京交通拥堵、加大城市道路等基础设施建设列为重点项目。"这次规划中就明确提出要大力加强城市基础设施的建设，要集中力量加快建设，在这个时期内，33公里的二环（路）、48公里的三环（路），还有100座立交桥拔地而起。"北京市规划和自然资源委员会轨道规划管理处处长冯雅薇介绍道。

> 有生活的地方就有生气，有创造的地方就有快乐，北京的美已经远远不只是燕京八景了，这条长安街就得算一景。早先是条土路，被人叫做天街，皇上走的街，而今它东到通县八里庄，西到石景山，成了横贯全城的一条笔直笔直的东西轴线了，有38公里长哩。

以上这段叙述来自1984年的纪录片《老北京的叙说》，话语里充满了自豪，透露了古都北京在城市格局上悄然发生的变化，东西延展的长安街仿佛向人们展示着这座城市无限美好的未来。1984年，北京地铁二期工程建成通车，列车按"马蹄形"往返于建国门与复兴门之

| 北京"挤车"一景 |

间。这一年，北京地铁的年客运量突破了1亿人次。当列车沿着北京旧城墙在地下穿行的时候，似乎有一种看不见的力量推动着这座古都前进。

20世纪80年代，中央新闻纪录电影制片厂拍摄制作了纪录片《乘车记》，片中北京市1路公交车682车组热情服务的一幕令人印象深刻。作为助力城市发展的一分子，公交车上的司乘人员展现出了他们特有的服务精神和时代风貌。今天，1路公交682车组的第五代驾驶员常洪霞，在出车前宣誓时英姿飒爽的身影同样令人难忘。"在每一天出车前的一个宣誓，"常洪霞说，"让我们更加能知道，我们这份职业手握的是方向盘，但是我们承载的是身后千千万万乘客的生命跟家庭的安全，这是我们这个公交职业，以及我们职业驾驶员必须承载的责任。"

一张黑白照片里，在"大1路"的20世纪七八十年代的经典车型"黄河通道"前，8个年轻人前后站成两排，笑容灿烂。他们是第一批682车组成员。自那时起，1路公交682车组便成了公交人服务精神的象征。为了传承这份精神，常洪霞刚进入公交行业就给自己立下了明确的目标。

"1路嘛，一直在我们公交集团属于排头兵的线路，属于一个标志性的线路。当时也有机会来到我们以前的1路场站去跟他们的司乘人员交流，通过交流，觉得他们对工作的热情、对工作的态度真的是跟其他线路是不一样的。"常洪霞坦言，当时自己特别羡慕他们，特别想成为他们的一员。

此后，常洪霞将羡慕化为动力，苦练驾驶技术，为了能将车开得更稳，还从师父那里学了个笨办法。"就是在家里面端着半盆水，我们的脚也要悬空。"常洪霞说，"刚开始的时候真的是半分钟，或者是几十秒，胳膊也没劲了，腿也没劲了，就要放下去，可能就要揉一揉，非常酸。通过将近一个月的时间，我到最后可以坚持20分钟不

| "黄河通道"前笑容灿烂的8个年轻人 |

动。当时在家里边看着电视,没有任何负担,就端这个水,不知不觉,水一点一点涨、一点一点涨。通过这个技能的训练,让自己能够做到人车合一,能够更好地控制我驾驶的车辆。"

常洪霞凭借优异的驾驶技术,在2014年如愿加入了1路车队。可在报到的时候,她却怎么也兴奋不起来了:"那天来到1路以后,通过跟1路领导、职工交流,尤其是跟我师父实习的过程中,突然找到了自己的差距,自己没有自己想的那么优秀。"原来,1路公交乘务员的'三站地一宣传',让她留下了非常深刻的印象。在行车过程中,乘务员不仅会告知乘客公交的政策、首末班车时间,还会提供导游式服务——经过中华世纪坛、首都博物馆、国家大剧院、天安门广场等著名景点的时候,对景点作详细介绍。例如,当车子驶经天安门广场时,乘务员还会告诉乘客当天升降国旗的时间。

"我希望能够通过我们每一个公交人的努力,得到全国的认可,乃至全世界都可以把我们首都公交当成一个排头兵,当成一个旗帜,让我们在平凡的工作岗位上能够体现出我们时代的价值,体现出每个人个人的价值。"如今,常洪霞始终不改初心,一如既往地为乘客提供热情服务。

还有许许多多像1路682车组公交人一样恪尽职守的工作者,他们奋斗在自己的岗位上,推动北京公共交通事业不断向前发展。时至1999年,新中国成立50周年之际,历经8年建设的北京地铁"复八线"通车试运营。这条线路西起复兴门、东至八王坟,因在长安街地下运行,曾被誉为"地下长安街"。从此北京市民、游客可以乘坐地铁游览"十里长街"了。

罗富荣是北京地铁建设方面的资深专家,曾担任"复八线"建设的总工程师。在北京初坐地铁时,他觉得地铁建设是一个宏大的工程:"当时就会想,这么大的工程,是怎么建的,自己会想象,建设过程应该是一个宏伟的场面。"

地铁建设初期，若提出地铁的修建方法，人们脑海里只有明挖的概念，就是要把地面"开膛破肚"，别无他法。最早的北京地铁线路，包括1号线和2号线，实际上都是采用明挖的方法。在城市发展早期，这种方法在安全性、施工速度上具有优势；但是随着城市建设步伐加快，特别是发展到一定阶段之后，城市的很多基础设施，包括地面的很多建筑，都已经成形了，再采用"明挖法"，对城市会造成较大的影响，在很多地方几乎是不可实施的。"这就迫使我们在工程技术方向，"罗富荣说，"一定要寻找一些突破，要寻求一种暗挖的办法。"

所谓"暗挖"，说白了就是在地底下掏洞，不影响地面交通，不影响周边建筑。"暗挖法"的重大技术突破，为地铁"复八线"的建设提供了重要的技术支持。然而要在长安街下挖隧道、建地铁，还不能对地面造成任何影响，其难度可想而知。

"最关键的还是安全风险隐患比较大。"罗富荣说，"比如突然碰到一个水廊，就会诱发前面的一些地层的坍塌，现在想起来都有点惊心动魄的感觉。这种坍塌，不是塌一点就完了，因为上面是十几米的土，是越塌越严重，时间很短，速度非常快。"不过，让罗富荣感动的是，每当遇到这种情况，不管是技术人员还是工人，更不用说党员同志，大家都心往一处想、劲往一处使，合力在短时间内制止事态扩大，尽量把损失控制在最小范围。

"复八线"试通车两天后，罗富荣他们迎来了一次"大考"——天安门前的国庆大阅兵。那么多重型装备，"复八线"能承受住吗？

罗富荣仍清楚记得1999年国庆阅兵当天的情景："我那个时候就在天安门西那一段，离天安门很近了。我记得有人说好像开始了，能感觉到那个声音从小到大，慢慢的，轰隆轰隆的。能明显感觉我们上面的震动，包括对结构的震动，那是最紧张的时候。第一辆（坦克）过去了，然后大家松口气，觉得没啥问题，因为我们还有一些仪器在里头，也一直监测着。很快又有一辆。反正整个过程，一方面是特别

紧张,另外一方面也还在忙碌,采集一些数据。隔了很长时间,觉得可能是过完了,大家一下子心情就松懈下来,特别高兴。"

顺利通过了重重考验的北京地铁,随着"世纪大阅兵"受阅队伍雄壮的步伐,驶向了新的世纪。2001年北京奥运会申办成功,北京步入全面建设现代化国际大都市的新阶段,尤其是"新北京、新奥运"发展战略,为北京的交通建设带来新的机遇和挑战。

据北京市基础设施投资有限公司党委书记、董事长张燕友介绍,奥运申办成功以后,北京地铁建设进入了一个快速的发展期,从2001年到2008年这短短7年的时间里,地铁线路的里程就增加了将近150公里。但与此同时,由于开通的线路比较多,施工队伍、技术人员等较为缺乏,在技术方面也遇到一些难题。

"我们跟其他行业一样,"罗富荣说,"也经历过被国外的同行卡脖子的这么一些事情。我们的一些信号系统引进来之后,需要人家进行升级的时候,或者做一些设备替换的时候,真的就不仅是价高的问题,还有各种技术的关卡。卡脖子的事情频频地发生。"

尽管如此,为保证首都地铁平稳运行,保障北京市民安全出行,总有那么一群人负重前行,竭尽全力克服大大小小的困难。

深夜,如往常一样,杨才胜拿着手持电台,在地铁轨道上进行检查。杨才胜是北京地铁运营公司通号分公司检修一项目部研发室主任,他还有个雅号——"地铁信号神医"。在他的工作室里,摆满了各种精密仪器,而这些仪器正是这位"神医"的"秘密武器"。"小时候晚上就听广播,"杨才胜回忆道,"就特别喜欢这个,那时候特别喜欢无线电。我们上技校的时候,要是有一块万用表,就觉得你了不得。一参加工作,一进那个班组,(看见)台子上边摆一大堆仪表,高兴,美得不得了,就不走了,就站在那儿。"

信号系统可以说是地铁的神经系统,也是确保地铁运营安全有序的"护身符"。从业40年的杨才胜,一直把"做地铁信号最强大脑"

作为他的职业追求。

杨才胜说,气候潮湿和干燥的变化对引进的信号系统影响很大,需要定期对系统进行调整,设置各种各样的参数。"往本上记呀记呀,因为你没见过,你得想,你得分析,你得做实验。当年的条件比较艰苦,就一个15平(方)米的一个小屋子,因为要做实验,摊得满地全是东西,你进去以后,跳着脚才能走,因为电线、电缆铺得满地都是。2007年的下半年,11月份左右,5号线试运行,那个时候的5号线一天14到15个信号故障。"

转眼间,北京奥运会已经进入倒计时,地铁客运压力也随之不断攀升,杨才胜"受命"携带他研制的"秘密武器"进行诊断工作。"北边从太平庄往宋家庄,4个人4天一次,4天一个班,就是4天往前走一个站。因为我们不是有扫码这套手段吗?扫一趟下来,先紧着(把)严重的收拾一下,收拾完之后再走一圈,再挑严重的(处理)。"手持检测设备,行走在每一条地铁线路上,无数个深夜,杨才胜和他的团队就是这样度过的,他们尽心尽力地为每一位地铁乘客保驾护航。经过几年的监测,信号故障已降到良好状态,然而一个突如其来的电话牵动所有人的神经。

2010年,受北京市教委特聘在职业院校授课的杨才胜正在上课,他的电话突然响了,是地铁宋家庄站的机房打来的。他一接通电话,话筒里传来这么一句:"杨师傅,宋家庄10轨红光带,盘子特别地热!"

"你先把B24松开,但不要拿下来……"杨才胜开始指导电话那边的工作人员操作,学生们都在讲台下听着。过了一会儿,对方说问题解决了。前后不到20秒,杨才胜这一手"隔空把脉"神乎其技。学生们都赞叹道:"哇!老师你真牛!"可杨才胜对学生说,那不算厉害,真正厉害的是工作人员操作的过程:拿什么样的改锥,拧哪个螺丝,拧了几圈,拧的时候电路波形怎么变化……这就像电影里

| 深夜，杨才胜与同事们在地铁轨道上工作 |

的场景一样。

要实现北京地铁零故障，很多工作要提前进行。晚上12点，地上街道人影寥寥，地下通道却热闹起来。"线路的、通信的、信号的、车辆的全都开始干，"杨才胜说，"就三个小时。所以乘客第二天早上起来上班感觉不出来。这头一天晚上得有多少人在干活啊。"

所有的卓越，都是无数个平凡的集合。正因为有无数像杨才胜一样经年累月兢兢业业的地铁建设者，才有了今天堪称奇迹的北京地铁系统。

当然，北京地铁的顺畅运行，也离不开高效的轨道交通调度。北京轨道交通指挥大厅，是轨道交通的大脑，负责指挥、调度北京每一条轨道交通线路。每天的早高峰时段，大厅也迎来了最繁忙的时刻。"目前是一个正常的工作日的早高峰，"京投公司所属北京轨道交通路网管理有限公司总经理孙方说，"全网的客流应该是进入一个比较繁忙的阶段。目前路网的数据显示，在地铁内车站、列车上的人数是593377人；我们通过大数据的实时监控能够看到，目前实时进站的客流是61000人。"据孙方介绍，轨道交通指挥大厅和各个线路，包括现场的列车、设备，还有车站的运转都进行有机的联动，共同为北京市民提供轨道交通出行服务。目前北京24条运行线路中客流最大的10条线路，它们的最小运行间隔已经缩短到2分钟以内；其中4条线路，分别是1号线、5号线、9号线和10号线，运行间隔更是短至1分45秒。如此小的运行间隔，在全国乃至全世界处于领先水平，体现了北京地铁过硬的通过能力和管理水平。

经过40多年的建设，到目前为止，北京地铁通车的里程已经达到727公里，开通的线路达到24条，车站已达428座，形成了一个比较庞大的地铁网络。如果将这张轨道交通路网比作城市交通的动脉血管，公交路网则像遍布整座城市的毛细血管。截至2020年底，北京公交在册运营车辆23948辆，常规运营线路1207条，常规线路总长

28400公里，覆盖全北京市街道及乡镇村落。

如今北京城已建立起完善的地铁普线网，展望未来，冯雅薇说，北京将更多地关注"快普结合、四网融合"这么一个立体网络的建设，更多地结合经济功能和经济走廊去布局区域快线和地铁快线，形成长达1500公里的快线网，大幅提升出行速度。如此一来，京津冀的公共交通将形成一个比较完备的互联互通的网络。

铛铛车从一百年前的重要交通工具，变成今天的一个景观；地铁从落后世界一百年，到如今各项技术指标都超过世界主要发达国家；北京城的公共交通事业从一百年前的一条公交线起步，发展到今天这张立体、密集的交通网……如此激动人心的巨变，离不开历代公共交通建设者们的辛勤付出，更得益于党领导的人民政府对为民谋利的初心和使命的孜孜践行。在北京城里来来往往的公交和地铁，不仅搭载着日常出行的北京市民，更承载着无数绚烂多彩的中国梦。

札 记

一个城市的公共交通系统就好像是这座城市的血脉，在现代城市的发展进程中发挥着重要的作用，但是你能想象一百年前北京百姓出行时的情景吗？其实在很长一段时间里，我国的交通史就是一部记录了一双腿、四只马蹄和两个人力车轮艰难跋涉的历史。今年是北京公交的一百周年，一百年前，当第一辆有轨电车出现在北京街头时，这座古老的都城便开启了由传统到现代的改造过程。

北京是我的故乡，我的母亲是一名普通的公交售票员，我小时候母亲就常带着我上班，我在她工作的那条公交线路上不知道跑过多少趟。当以"公共交通百年变迁"为主题的这期节目交到我手里的时候，感觉有太多的话想说，太多的变化想要

第五章 从一条线到一张网

去呈现。记得《北京乎》里有一段文字生动描写了朱自清先生先坐轿，后步行，最后骑驴去潭柘寺的辛苦出行的场景。如今，1207条常规公交线路、727公里的北京地铁线路共同编织了一张四通八达、纵横交错的立体交通网，搭载着人们在这座梦想之城中川流不息。

《旗帜》就是这样，用一个个生动的生活场景打开了百年的时空画卷，畅谈你我的昨天、今天和明天。这两年的创作，是一次有趣的心路历程，是一次意义非凡的时空对话。北京，期待你的下一个百年！

王 超

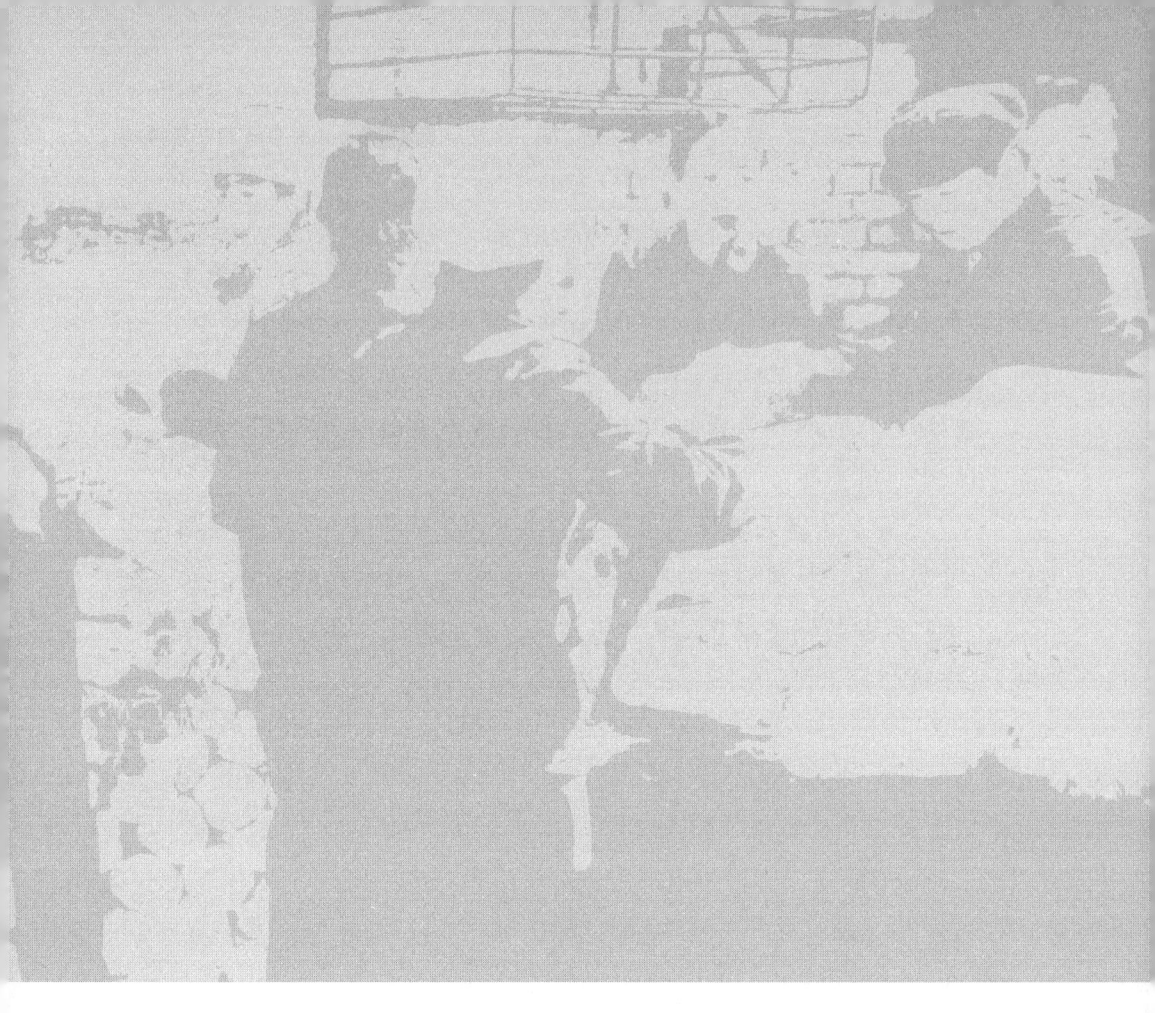

大 城 北 京 百 年 成 长 记

1921
—
2021

第六章

小餐桌，大时代

随着时间的推移，北京百姓的餐桌上，从粗茶淡饭到美味佳肴，从缺乏到丰富，发生了巨大变化。岁月流逝，曾经的往事，你是否还记得？打开尘封的记忆，让我们一起看看过往，听听故事。

民以食为天,吃饭是大事。《北京志——副食品商业志》一书详细记载了北京副食品商业的发展变化,里面有这样一段话:"旧北平的商业,经过政权更替,几经兴衰起伏。但随着城市工业经济的发展和时代变迁,特别是市民生活需求的改变,推动了城市副食品商业的发展。"由此可见,副食品商业的发展不只是一个产业的发展,它更大的意义在于直接影响和提升了老百姓生活的品质。从吃不饱到吃饱,再到吃出健康、吃出品位、吃出文化,这一系列转变折射出无数个家庭的生活变迁;通过一张小餐桌来回顾和思考大时代的变化,就显得意义非凡。

随着时间的推移,北京百姓的餐桌上,从粗茶淡饭到美味佳肴,从缺乏到丰富,发生了巨大变化。岁月流逝,曾经的往事,你是否还记得?打开尘封的记忆,让我们一起看看过往,听听故事。

解放前的北京,蔬菜行业受牙行控制。所谓牙行,是旧时在市场上为买卖双方说合、介绍交易并抽取佣金的商行或中间商人。每逢淡季,老百姓面对"快马撵不上青菜行"的时节,只能以窝头、咸菜度日。一小碟腌制的咸菜,是当时餐桌上的常备菜,甚至也可以说是主菜。

"因为那个时候鲜菜供应不足,主要的是咸菜,咸菜在北京餐桌上应该说占有一席之地。"原北京二商集团有限公司食品科技与产业发展部原部长杜占斌回忆道,"过去有一句话,我小时候听人讲,叫'穷汉子解馋,专奔辣和咸'。咸菜在北京老百姓生活中,过去是以腌菜为主,就是家家户户到了秋天,雪里蕻市场有供应了,每家每户的坛子也好,罐子也好,都要腌一些咸菜,作为一种补充。"

| 解放前的北京东菜市 |

虽然北京的酱菜行业历史悠久，但是在新中国成立之前一直都没有统一的质量标准。在很多人的记忆里，六必居酱园的咸菜被称为咸菜中的贵族。六必居是拥有480多年历史的老字号品牌，经历过无数动荡与变迁，精湛工艺始终不变，贵族气质始终不减。

那么，当时去光顾六必居的都是些什么人呢？"达官贵人、社会名流，包括我们北京讲，叫大宅门（的），就是独门独院，家里头经济条件比较好的，有这种能力的。而普通的老百姓，一个是自己腌咸菜，再一个的话，过去我们小时候，北京的街上油盐店很多，后来叫副食店。"杜占斌说。

过去，六必居的咸菜，普通百姓只有在特殊的日子才舍得享用。杜占斌清楚记得，有一年夏天，他身体不适，好几天不太想吃饭，母亲便用攒下来的节日供应的好米熬了点粥，还给了他两毛钱，让他去六必居去买酱菜。"两毛钱买的什么呢？我到今天还记得，买了两个品种，十香菜和小酱萝卜，这是我第一次进六必居的门。"杜占斌说。

可以想见，在那个年代物资有多么短缺，对当时的国人而言，吃饱肚子显得尤为重要。"吃了吗？"这句全国通用的问候语，说明吃饭是人们在日常生活中最关心的问题。

1949年1月31日，北平宣告和平解放，揭开了北京商业历史的新篇章。党和政府为保障人民生活，把副食品商业纳入了保障供应、繁荣经济的轨道。新中国成立后，政府把保证蔬菜供应和稳定物价作为基本政策，首先肃清了"菜霸"，取缔了牙行的垄断特权。

"巧妇难做无米之炊，"原北京二商集团有限公司副局长王永福说，"农业的发展是副食品行业和老百姓餐桌的食品供应来源。保证北京市的供应，首先要有货源，咱们北京自产的严重不足，主要副食品（肉、蛋、糖、酒）都是通过中央调拨的。"

20世纪50年代，我国逐步确立计划经济体制。1955年，以公有制为基础的北京市副食品商业系统开始建立，担负着首都副食品市场和特需食品的供应任务，受北京市人民委员会和商业部的双重领导。北京市从此开始了凭证、凭票供应商品的时代。王永福认为，实行票证供应制度，是在特定的历史条件下保证市场供应、满足老百姓基本生活需要的一种必要手段。市场一稳，老百姓不用为吃的发愁，社会就会稳定。

在北京二商展览馆里，陈列着当时通用的肉票、鸡蛋票。"肉票，你看这里头分的都是什么？"杜占斌介绍道，"有一斤的，有半斤的，到肉店去买肉必须拿票。"在日常生活中，每个家庭对票证的使用都有自己的打算，慢慢养成了勤俭节约、有计划地过日子的习惯。

在凭票供应制度下，一张张副食品票据成为每个普通家庭名副其实的"命根子"。这些票证在老百姓生活中占有非常重要的位置，作用等同于工资收入、货币，有钱没票，也买不了东西。"有些结婚的、家里办事的，要跟别人借肉票，这个月你们这家少用一点，借一斤肉票，那个邻居借一点，然后凑个十斤、二十斤的，到这种程度。"杜占斌说，"票证已经成为我们的一种记忆，同时它也留下了时代的印记。"由于食品物资的匮乏，每逢年关或节假日前夕，副食品供应点就会排起长长的购物队伍。

为了更好地满足北京百姓的生活需要，1955年5月，根据中央和北京市政府的部署，菜蔬经理部正式改组为北京市菜蔬公司。该公司是隶属北京市政府的职能机构，负责北京市的蔬菜生产，承担着北京市城区的蔬菜供应。

俗话说："民以食为天，蔬菜占半边。"原北京二商东方食品集团有限公司副总经理张来喜解释道，在北京，"蔬菜占半边"意味着市政府定的每天供应800万人口的蔬菜量，平均每人不低于一斤菜，最低限度是每人不低于八两。在计划经济时期，北京每天的蔬菜供应量不能低于500万斤，如果低于这个数，市场上就会出现供应紧张的情况。

在计划经济体制下，国家对蔬菜行业采取的是统购包销、统购统销的办法。政府为了保障民生，还采取了很多措施，首先要保证的是

| 计划经济时期北京食品店内一景 |

| 北京市民排队购买蔬菜 |

农民的利益，同时也要保证消费者的利益，因此国家拿出了一定的财政补贴来维持蔬菜价格的平衡。

"为了保证广大市民吃上蔬菜，全市蔬菜行业一共有2万人，其中有1万人是直接面对消费者的零售人员；第二个队伍就是我们全市的蔬菜批发人员，从事收购、分配、作价、分流。"回顾北京近几十年的发展，张来喜认为蔬菜行业中发生的变化是翻天覆地的。

北京市政府根据"统一领导、分级管理"和"政企分开"的指示，对蔬菜行业统购包销的经营体制进行了一系列的调整。蔬菜供应是政府最关心的民生问题之一，这个工作也由副市长直接负责，那时候常说的一句话就是：北京的菜蔬市场无小事。

说到蔬菜，有一种最普通的菜，在老北京人的集体记忆中占据着重要位置。在那段物资紧缺的岁月里，它从种到收，都是一场有计划、有组织的全民参与的"战斗"，而没有经历过的人，很难理解它的意义以及它在老百姓心中的地位。它就是关系到国计民生的大白菜。

时空转换，回到那个时候初冬的北京，飘落的树叶让整个京城显得更加寒冷、萧瑟，但我们却可以看见现已难以觅得的景观，它给这座城和城中的人带来了几分温暖。

"北京会出现两道风景线，一个我们管它叫'黑龙'，一个叫'白龙'。当时是居民住平房，每年到11月份，第一个先要买烟囱、买蜂窝煤、买煤球，所以我们俗称叫'黑龙'。第二个是'白龙'。当时在这期间，北京在这10天到15天期间集中上市5亿斤的白菜，满大街或者整个马路边上，都是'大白菜墙'。每个菜店门口都连夜卸车，都码着成千上万斤的蔬菜，来满足第二天的老百姓排队买大白菜，所以我们当时管它叫'当家菜'和'镇家菜'。'当家菜'指的是什么？全年消费量在20亿斤，仅大白菜一个品种在全年中占7亿斤，占30%左右。'镇家菜'主要指它的价格比较便宜。"张来喜生动地描述了当年的情景。他还记得，买10块钱的大白菜，就够一家六七口人吃一个冬天。

北京市地处华北平原，到了冬季，蔬菜品种少之又少，常见的也就是萝卜、土豆和白菜。所以冬储大白菜对每家每户来说都是一件大事。从1959年开始，北京市政府成立了一个特殊的部门——秋菜指挥部，由主管农业的副市长亲自带队，专门负责老百姓冬储大白菜的工作。对一棵小小的蔬菜，为何政府有如此"大动作"？当时作为指挥部的成员之一王永福解释道："因为大量的（大白菜）上市以后，很快就要把它销售出去，这些都是不耐储存的，所以当时北京市很重视，把工商部门的负责人全部组织起来统一指挥。"可见大白菜对北京居民之重要，政府对民生之重视。

"白菜战役"进行正酣，蔬菜从业人员也进入高度紧张的状态。"在这期间，蔬菜行业的职工比较辛苦，基本上大白菜上市都是夜间，而且我们蔬菜的队伍，零售职工多数是女职工，穿着棉袄，有的戴手套，有的不戴手套，手冻得跟胡萝卜似的，我们有时候看着也非常心疼。卸一车大白菜，一车装几万斤的，全是大车，每天这么往返，一车接一车来卸大白菜，也是非常辛苦。"张来喜忆述道。

从11月1日到11月15日这半个月时间里，整个北京城都沉浸在大白菜的世界里，各类新闻媒体都会播报当日的天气情况和大白菜的储存状况。家家户户的房前屋后都有一堆堆码放整齐的过冬白菜。此时的四合院，也成了冬日里一道独特的风景线，更成为大家心中难以抹去的记忆。

1978年我国步入改革开放历史新时期，北京市的菜业销售格局也随之发生了根本性的变化。改革开放以来，国家经济越来越发展，经济实力越来越雄厚，老百姓对"吃"的追求慢慢地由"吃饱"过渡到了"吃好"，可供选择的蔬菜再也不只是萝卜、土豆和白菜。对于这种直接反映在餐桌上的变化，王永福等过来人有着非常深刻的感受。

但是，在那个时候，无论是大人还是孩子，最期待的就是春节的那顿年夜饭，因为吃肉依旧是一件值得期盼的事情。

| 北京市民冬储大白菜 |

年年岁岁花相似，岁岁年年人不同。过年了，大年三十的那顿年夜饭，有大块儿的炖肉，有热腾腾的饺子……一家人围坐在餐桌前，谈天说地，开怀大笑，这个画面是很多人共同的记忆。

据北京顺鑫农业股份有限公司鹏程食品分公司副经理李文祥回忆，到了年关，买肉的人穿着大棉袄，排起长长的队伍，一直排到肉厅外面，要在寒冷中哆嗦着排上半个小时。不像现在，各种肉类琳琅满目，供顾客随便挑、随便选，当时基本就是一头猪，买肉时还不能挑三拣四。"那时候买肉没有选择，"李文祥说，"卖肉那师傅一拉，肉票三斤，这一刀就三斤，在买肉之前还一再跟人说，'叔叔、叔叔，给我来点肥的'。肥的越多越好，那会儿小时候一年吃不了几回肉，一定是买肥的，肥的香。买完之后，售货员用纸编的细绳一系，提溜着，很美地就回家了，终于能解馋了。"

在物质匮乏时期，肥肉曾是人们心中的美味。肥肉比瘦肉好卖，不是因为价格，而是因为肥肉能够增加脂肪和热量；如果把肥肉炼成油渣，油渣可以吃，炼的油还可以用来炒菜，一举两得。

炸酱面是北京传统面食，过去是每家每户餐桌上常见的食物，被称为"本命食"。炸酱面离不开猪肉，要做炸酱面，就要到肉店、肉铺买肉去。在杜占斌的印象中，买两三毛钱猪肉者居多，买五毛钱肉炸酱的相对较少，所以售货员能很熟练地切下两三毛钱的猪肉。

一开始大家争相购买肥肉；后来对肥肉敬而远之，一看见肥肉就不吃；到了今天，肥肉基本无人问津。在杜占斌看来，光猪肉这一项商品就能反映出这几十年来老百姓生活的改变。

随着时代的发展，百姓的"品味"也在发生改变。为了顺应市场的需求，国家不断地出台新的政策来促进行业快速发展。在这样的发展中，自然会有优胜劣汰的过程，而对于部分企业来说，这是一个难得的机会，因为正如李文祥所想：市场越规范，对企业来说越好；企业在同一个市场上公平竞争，把质量管理、质量安全作为

| 北京市民排队买肉 |

企业的第一要务来保证,才能有自己的品牌、自己的市场,才能得到老百姓的认可。

1985年,北京市政府对全市菜业的管理体制进行重大改革,开始放弃统购统销政策。作为流通主渠道的国营菜业,也将重点放在外埠菜蔬组织、调入这一工作上。这种做法不仅给了农民更多的生产经营自主权,也激发了农产品市场的活力。

据王永福介绍,当时学习国内外的先进经验,全国各地建起了批发市场,为生产者、批发商和零售商搭建平台,实现直接采购,不用再经过其他环节。北京也打开城门,让全国的农产品进入京城,规模较大的蔬菜批发市场应运而生。随着政策的调整,新发地、大洋路、岳各庄、八里桥农副产品批发市场逐渐发展起来,到现在仍然在北京市副食品供应中起着非常重要的集散地的作用。

1988年,为了缓解我国副食品供应紧张的局面,进一步改善粮食和其他农产品的供求状况,农业部提出建设"菜篮子"工程,并明确实行"菜篮子"市长负责制,加强中央和地方的肉、蛋、奶、水产品和蔬菜、水果生产基地及良种繁育、饲料加工等服务体系建设。至此,全国大市场、大流通的新格局初步形成。

正是在同一年,为解决农民卖菜难的问题,新发地农产品批发市场成立,而后逐年发展,直到今天占地1680亩的规模。如今任北京市新发地农产品股份有限公司董事长的张玉玺当时是新发地村农贸市场的总经理,一心想帮助当地农民卖菜,但没想到市场成立后,村子周边的农民也都进入市场了。"当时我还有点不理解,但是觉得农民都不容易,所以卖就卖吧。在这种情况下,市场一下就不可阻挡地发展起来了,爆发式发展起来了。其实这也是社会的改革开放的一种产物,不是以你的意志为转移的。市场经济发展,它是改革开放的一个必然成果。"

1992年12月1日,北京市的副食品行业采取全面放开价格的政策,蔬菜价格开始逐渐放开。一时间,大大小小的蔬菜批发市场涌现,

| 早期的新发地农贸市场 |

市场的活跃吸引了更多的南北商户，也就有了更充沛的货源和更快速的商品流通。大白菜作为"当家菜"逐渐退出了历史舞台，京城百姓可享用的副食品越来越丰富，餐桌上出现各种各样时令蔬菜，甚至反季节蔬菜，南菜北运已不再是梦想。这些变化折射的是一个时代的进步，反映的是经济社会的变革，见证的是人民生活水平的不断攀升。

张玉玺认为，这是政策推动了批发市场的发展。新发地市场逐步担负起北京80%的农产品供应，发挥着举足轻重的作用，成为"北京农产品供应的护城河""农产品价格的晴雨表"。"后来我觉得其实我们不知不觉地承担着北京农产品供应的一种历史使命。"张玉玺说。

1993年，北京市取消了副食品凭证限量供应的政策，结束了伴随北京市居民38年的凭证消费的时代。同年，北京市政府在《首都商业改革与发展的基本思路》中提出："建设大市场，发展大商业，搞活大流通"。一旦落实这样的大思路，真的可以和短缺经济时代说"再见"了。

2001年7月13日，是一个值得载入史册的重要日子。当天晚上在莫斯科举行的国际奥委会第112次会议上，北京赢得了2008年第29届奥林匹克运动会的主办权。消息一出，国人欢呼一片，人们纷纷庆祝这个激动人心的时刻。

自申奥成功以后，各行各业都给予大力支持，为中国百年奥运梦圆满实现提供有力保障。北京顺鑫农业股份有限公司鹏程食品分公司负责北京奥运会的猪肉产品供应，作为该公司的一名老员工，李文祥全程经历并参与其中。回想起那段日子，他觉得很多事仍历历在目，好像就发生在昨天一样。"当时西方一些媒体对于咱们中国、对于中国的食品安全提出了很多的质疑：猪肉能够保障吗？你的质量管理能够达到跟奥运接轨的标准和要求吗？"李文祥回忆道。

面对种种质疑，作为回应，2007年11月22日，北京奥运宣传协调小组、北京奥运新闻中心组织新华社、法新社、路透社、共同社等

60余家境内外媒体100多位记者,到北京顺鑫农业股份有限公司鹏程食品分公司进行了参观和采访。李文祥还记得,记者们提出的问题非常尖锐。不过,鹏程公司没有"胆怯",充分展示其底气:北京有饲料、养殖、种猪繁育一体的整套的饲养管理体系,鹏程公司首先从源头上就能确保食品安全;在加工方面,公司也斥巨资对工艺设备、工艺流程进行了改造升级,完全能跟世界的先进水平接轨。"从生产量、生产规模到源头把控,我们都一一向几十位媒体(记者)进行了全面的阐述和解答。他们参观了我们生鲜和熟食的加工现场,我们是全开放的,这就证明咱们有信心、有实力来圆满地完成奥运会的供应。参观完以后,记者都纷纷竖起了大拇指,'鹏程wonderful,非常棒'。"说起这段往事时,李文祥依然感到自豪。

2008年北京奥运会的成功举办,让中国站在了世界舞台的中央。奥运会是试金石,检验了北京乃至全国高速发展的成果;奥运会是加油站,进一步激发了国人的民族自尊心与责任感。中国的副食品行业也借东风乘势而上,为打造更多的国有品牌再谋发展。

北京顺鑫鑫源食品集团有限公司计划打造一个中高端的产业,为消费者带来更高品质的牛肉,同时跟上国际的步伐。"当时咱们就从澳大利亚、从乌拉圭引进了15000头纯种的安格斯母牛。为什么要引进安格斯母牛呢?安格斯母牛应该是世界肉牛的主流品种。让中国人吃上好牛肉,咱们得要养好牛。"北京顺鑫鑫源食品集团有限公司党支部书记、董事长王金明表示,为拥有自己的好的牛肉品种,公司作出重大布局,目前已设立种牛研究院,希望经过几年的努力,真正打造出中国的"安格斯"。

回想当年,王金明说像他这个年纪的人,小时候吃不上猪肉,更别提牛肉了。如今北京的百姓不仅可以吃到肉,而且还可以吃到有品质的牛肉。我们的生活发生了太多不可预知的事,也发生了太多推动时代发展的故事。无论我们经历哪个阶段,都会发现,保民生、保

| 顺鑫鑫源种牛养殖基地 |

"菜篮子"工程,一直都是党和政府从未改变过的初心。

1949年中国人民站起来了,1978年实行改革开放后中国人民富起来了,而且慢慢强起来了。如张玉玺所言,改革开放产生了无数个不可能,对农业来说,其中一个最大的不可能,就是由过去农产品供不应求到现在物品极大丰富。"这是改革开放的成果,这也是我们共产党成立100年创造的一种奇迹。"张玉玺说。

"丝绸之路经济带"和"21世纪海上丝绸之路"的合作倡议,亦即我们熟悉的"一带一路",得到沿线各国积极响应。农业是"一带一路"建设中的重要领域,也是"一带一路"沿线国家国民经济发展的重要基础,开展农业合作是沿线许多国家的共同诉求。从2013年开始,新发地市场积极响应"一带一路"倡议,带领市场的"水果大王"们走出国门,把最有品质的水果带回来,让北京的老百姓在当地就可以吃到最好的水果和蔬菜。目前新发地市场在8个国家建了30多万亩属于自己的基地,种植品种达50多个,将能更好地保证北京的副食品供应。

"我们现在蔬菜每天都得260个品种,水果270个品种,农产品也极大丰富。市场成立33年,给北京消费者造福,给全国种植者造富。每天除了全国的蔬菜,还有40多个国家的水果源源不断地进入新发地,所以用我们的话说,'走进新发地,吃遍全中国;走进新发地,吃遍全世界'。"从张玉玺的介绍不难看出,如今新发地市场是大家每天都离不开的"菜篮子"和"果盘子",它与京城百姓的小餐桌有着紧密的联系。随着"一带一路"倡议的推进,将会有更多国家的优质水果来到新发地市场,北京居民也将会有更多的选择。

中国是一个农业大国,但还不算农业强国。五谷丰登、丰衣足食,是延续几千年的中国梦。2020年是中国全面建设小康社会的宏伟目标的实现之年,也是中国脱贫攻坚战的收官之年。有计划、有组织、大规模的开发式扶贫工作自1986年开始,30多年过去了,中国

的扶贫工作取得了举世瞩目的成绩。

副食品行业在扶贫攻坚战中扮演着相当重要的角色。以新发地市场的扶贫工作为例,其特点之一是消费扶贫,即新发地市场使其消费与扶贫挂钩,具体来说,就是每到一个地方,就实行"三产拉着一产走"。"什么意思呢?"张玉玺解释道,"就是新发地需要什么,我们根据一个地方的气候、土壤适合种什么,我们就种什么。换句话说,我们扶贫不是拿着钱去,是拿着种子、拿着技术去,带着市场、带着消费。用我们的话说,就是'市场抓两端,农民兄弟干中间'。"经过4年的努力,新发地市场的消费扶贫覆盖了19个省78个县,种植面积达96.6万亩,带动了36万人脱贫致富。

从另一个角度看,开展消费扶贫,是新发地市场对其优势的充分发挥,也能更好地满足北京居民对副食品的需求。"北京是一个大消费城市,新发地又是一个每天需要4万吨的蔬菜、水果(的)这么一个大市场,所以消费扶贫、市场扶贫,我觉得新发地有能力。我们共产党人有责任帮助农民脱贫致富,帮助农民奔小康"张玉玺说。

经过百年的发展,北京市的副食品商业在促进工农业生产、保障人民生活、繁荣经济、稳定物价和推动社会主义建设等方面走过了一条坚实的发展之路,同时也在改革开放的大潮中,在调整商品购销政策、放开价格、改革经营体制、搞活商品流通等方面探索了一条新的改革发展之路,实现了首都副食品商业从计划经济时代向社会主义市场经济时代的跨越。面向未来,随着社会的发展和人民生活水平的提高,北京的副食品商业将发挥出更重要的作用。

一百年很长,一百年也很短。路途是坎坷的,但前途是光明的。走过这一百年的人,经历过那个时代的贫穷落后,也见证了这个时代的盛世辉煌;品尝过酸甜苦辣,也参与了社会变革;操心着柴米油盐,也书写了中国奇迹。他们讲述的不单是一个产业的发展,也是一种引领我们一路前行的信念和力量。时代在进步,生活在继续。"小

第六章 小餐桌，大时代

餐桌，大时代"的故事，相信还会常讲常新。

> **札 记**
>
>   "民以食为天"的谚语从古至今一直流传，似乎更加证明了悠悠万事，饮食为大。在中国人的文化里，一日三餐，柴米油盐，往往意味着生命的延续以及包含对生活的感悟。带着这样一份感悟，我开始了我的创作，打破常规，抛开固有模式，用最本源的表现方式去寻找属于我们的共同回忆！
>
>   小餐桌，大时代。人们饮食的观念与习惯发生了巨大的变化：从果腹之求到口舌之欢，从家常便饭到美味佳肴，形形色色的食物随着时间和空间的转移花样翻新地出现在餐桌上。往日的咸菜缸透着一种过日子的平淡，儿时期盼的年夜饭也成为长大后最难忘的回忆。当人们享受味蕾的满足时，不一定知道副食品百年发展背后发生的种种故事。正是这些故事，以及故事里的人，成就了每一张餐桌上的爱与美味。
>
>   北京副食品商业的百年发展折射的是一个时代的烙印，一个家庭的过往，更是一个人的记忆！
>
> 毕 铭

大 城 北 京 百 年 成 长 记

1921
—
2021

第七章 北京的绿水青山

如果说建筑是城市凝固的乐章,那么环绕城市的自然环境以及镶嵌其中的园林、绿树,就好比美妙的音符和节拍。建筑、园林、绿树、红花,共同演奏着时代的交响乐。回望北京,从一座沧桑古城变身为新中国的首都,从记忆中的黑瓦灰墙到公园绿地,已经走过百年的建设之路。而这条路的起点,要从一排行道树和一座公园说起……

如果说建筑是城市凝固的乐章,那么环绕城市的自然环境以及镶嵌其中的园林、绿树,就好比美妙的音符和节拍。建筑、园林、绿树、红花,共同演奏着时代的交响乐。回望北京,从一座沧桑古城变身为新中国的首都,从记忆中的黑瓦灰墙到公园绿地,已经走过百年的建设之路。而这条路的起点,要从一排行道树和一座公园说起……

景山前街,看起来不过是普普通通的一条路,它位于故宫神武门到景山之间,在明清时代,它属于皇宫内院,普通人根本无缘得见,更遑论通行。辛亥革命后,1913年,时任北洋政府内务总长的朱启钤打通了这条道路,并栽下了第一排行道树——这不仅是真正意义上的北京公共绿化的开始,也是古城现代文明的第一抹绿色。

同样是在朱启钤的倡导下,原本皇家祭祀用的"社稷坛"被改建成了中央公园,1914年10月10日,辛亥革命三周年纪念日那天,试行开放三天,接待市民参观。这便是中山公园的前身。自此,北京现代意义上的第一座公园,对百姓敞开了大门。古老皇城向现代城市的转型,在蹒跚中艰难起步……

朱启钤做的这两件事意义重大,影响深远。在此之前,花木扶疏、绿草茵茵的景象只存在于皇宫和贵族府邸的私园中。民国期间,

| 朱启钤 |

| 中央公园 |

政局动荡，军阀混战，日伪掠夺，除了紫禁城，京城周边几乎都是土路，"晴天一身土，雨天两脚泥"是真实生动的写照。由于没有森林植被的保护，自然灾害频发，水土流失严重，风沙肆虐。

新中国成立后，党和国家领导人将北京的绿化建设提到重要的议事日程上。1953年2月16日，朱德视察西山时指示："小西山的绿化政治意义重大，要赶快绿化小西山。"随后，西山造林事务所正式成立。原北京市西山试验林场场长刘明义，1931年生人，现年90岁了，他回忆说："西山造林事务所刚成立，我们从各区县调人，来了以后就开始造林。我们在1953、1954年这两年把工人训练得差不多了。1955年北京决定要大面积绿化西山，北京市给中央写了一个报告，中央是要求三年绿化西山。"

随后，朱德带着一支部队来到小西山，开始了新中国的绿化战役。1955年，中央警卫团一个营在刘娘府安营扎寨。他们不是一般的战士，都来自朝鲜战场。战士们用战天斗地的精神改变了西山的面貌，三年里共造林3700多公顷，原本荒山秃岭的小西山铺上了一层令人欣喜的绿色。

回忆当年的火热场景，刘明义深深地为战士们的精神所感染、鼓舞："部队真辛苦，刚开始，手上磨那血泡，一天刨多少坑？卖那么大力气，一天就刨20、30个坑。什么坑呢？300（公分）长、40公分宽、40公分深，把它刨出来以后换成土，靠边的地方有一个10公分的沿儿，挡水。部队干活那相当积极，抢着干，看谁干得多，拼命干。雨季造林得往山上挑苗子，一个（棵）松树带上土团以后六七斤，一个战士山上担个100斤就了不得，太费力气了。送的时候都带着小土团，有一个膜把它包着，包得紧紧的，所以这个成活率很高，成活率80%、90%。"

从1955到1958年，西山造林共用工60多万个。在三年多的造林大战中，解放军按师团建制的10多个单位奉命前来西山，占总用工

| 20世纪50年代,中国人民解放军在西山黑山头造林。摄影:刘明义 |

量的58%，造林面积占总面积的76%。绿化战役的第一场胜利，解放军功不可没。而这份成功，除了解放军的苦干、实干，也离不开技术人员的巧干加科技。

西山造林为什么这么好？在刘明义看来，另一方面是靠技术工人、技术人员，靠因地制宜，科学造林。他说："首先西山缺水，第二土壤薄，怎么把这个树栽活，施工程师、算工程师一大帮人，还有林业部的、林科院的，都集中来专门研究，搞这个叫水分灶造林。为什么搞水分灶造林呢？第一个它能存水。第二个密度可以保证。咱们学习苏联的经验，叫密植，一亩地500棵，很密的。所以栽完了以后两三年就看见绿了。"

种树只是万里长征的第一步，解放军战士作为先锋队迈出了最难的一步，更为长期的工作是树苗和树林的保育。1958年下半年，北京市将已造幼林分片包干给中直机关、驻京部队和高等院校，进行长期养护，更多的大学生和知识青年加入到这个队伍中来。他们一旦来到这里，就意味着要过军事化的生活，一切行动听指挥！刘明义回忆说：1962年初，给林场分了800知青。来的人没地方住怎么办呢？中直机关过去养羊、养牛搭好的棚子，就打扫打扫配点药，搞了铺板，一直就在地下（住），一个人60公分。秋天以后一人发一个棉背心，上山去一个人扛一个镐、扛一个耙子，还得搂石头。那小孩儿，16岁小姑娘噔噔往山上走，那个时候情绪高，都争着当英雄的。

西山造林是北京绿化的源头和缩影，有多少人的青春岁月留在了这里，他们用自己的汗水、忘我的付出，为今天北京的绿水青山播散下了第一轮种子，开启了一个改造自然、保护环境的全新时代。随着小西山树苗一天天成长，山上有了第一抹绿色。与此同时，北京城区也悄然旧貌换了新颜。

新中国成立前，北京的森林覆盖率仅为1.3%，城区绿地微不足道，仅有正义路、中华门、公主坟等5处，公园只有中山公园、北海

| 八百知青上山来 |

公园、天坛公园、颐和园、万牲园（今北京动物园）、太庙（今劳动人民文化宫）6处。新中国成立后，更多的皇家园林成为公园，也是北京百姓最常去的地方。

秦嘉逢，1940年生人，长期从事德语教学工作，那时住在西单，他回忆说："我们最常去的就是中山公园，因为坐有轨电车三站路就到了。那会儿小，大人带着上车不花钱，进公园的大门也不打票，所以爱去那儿。最爱玩的地方是游乐场，有转椅，有秋千、滑梯。去一趟公园小时候那是很重视的，一个很高兴的事，穿着打扮都是挺隆重的。"

新中国成立后不久，经周恩来总理提议，太庙改建为劳动人民文化宫，北海公园经过修缮之后，也以全新的面目出现在北京市民面前——更为开放，景色更为丰富，也有了更多的游乐设施，更具备现代意义上"公园"的属性。

秦嘉逢至今仍记得去北海公园最好玩的就是荡起双桨，唱《让我们荡起双桨》。

让我们荡起双桨
小船儿推开波浪
海面倒映着美丽的白塔
四周环绕着绿树红墙
小船儿轻轻
飘荡在水中
迎面吹来了凉爽的风
……

熟悉的旋律，熟悉的歌词，《让我们荡起双桨》从1955年问世起，陪伴了共和国几代少年儿童，这样的画面今天依然那么温馨、那么清新。

改革开放之后,公园更是引领时代风气之先,成为1980年代的社交地,喇叭裤、蛤蟆镜、收录机,时髦青年在这里跳舞、社交,也是一代人的青春记忆。秦嘉逢还记得,那时候的文化宫、中山公园、北海公园是年轻人谈恋爱、约会常去的地方。他和老伴的第三次约会就在中山公园,两人第一次拉手,从中山公园出来以后第一次拉手走过长安大街。

随着改革开放的深入,北京进入了快速发展期——二环路、三环路、四环路……北京变得越来越大,城市的扩容、道路的延伸,行道树和公园也随之铺展开来。朱启钤当初在景山前街栽下的那两排树已翁翁郁郁、绿荫如盖,见证着百年来北京的沧桑巨变……

世纪之交,北京基本完成了"绿起来"的任务,从西山造林的一抹绿色开始,进入到"美起来、亮起来"的崭新阶段。世界花卉大观园由此应运而生,花乡花木集团则把世界各地的奇花异草、珍稀树种融于一地,让百姓一日看尽世界花,生活变得绚烂多彩!

北京人自古就有养花、爱花的传统,从乾隆的《草桥行》开始,就形成了悠久的历史;而老北京人对黄土岗这个地名也是耳熟能详,这是北京养花种树无可争议的发源地。北京花乡花木集团创始人、全国劳动模范王茂春说:"花乡地区地处永定河冲积扇,这是地理优势,种花、种草、种树已经有了几百年的历史,明清时代京城里边的达官显贵乃至皇宫用花,全部出自花乡人之手。我们家祖孙三代都是种花,到我这一代已经是第三代了,我小时候叫扶着花盆长大的。"新北京人恐怕更熟悉"花乡"这个名字,以及坐落其中的世界花卉大观园和花卉嘉年华等"网红"地标。花卉产业发展以及花

| 世界花卉大观园 |

乡的出现，得益于改革开放。花乡原来叫黄土岗公社，那时由于各个村都种花，孕育了众多的养花人，公社党委就给自己取了"花乡"这个新名字。

身为花农之后，王茂春亲身体验到了改革开放的力量，眼看着自家的生计从莳花弄草变成了一个产业，从深居皇宫内院只为少数人服务到走向百姓之家为大众服务，这种成就感今非昔比。王茂春的公司是第一家投资建设花卉主题公园的，这个公园也就是现在的世界花卉大观园。为什么要建这个园子？他当时就是想通过花卉产业发展，让老百姓实现就业，增加收入，改善生活。王茂春说："老百姓的生活水平提高了，物质需求基本上没有什么大的困难了，但需要满足精神生活。在改革开放之前，有几十块钱我还买肉吃呢，我不可能去买花。"

今天的人们，不仅愿意买票赏花，还愿意买花布置家居，花卉超市应运而生。它看起来跟其他任何超市没有什么不同，就在身边，明码实价、自主挑选，而这却改变了人们的消费习惯，变成了一种日常生活方式。这恰恰说明，改革开放以来，人们的物质生活从匮乏走向富裕，百姓进而开始追求精神生活的丰富。

北京花乡花木集团总经理、北京市劳动模范林巧玲说："我们现在也在努力进行产业的消费升级，也就是要建一个现代化的花卉消费服务体系。首先要把花卉整个的产品质量控制住，建立一个花卉产品的标准。其次呢，我们也在丰富花卉的销售方式，大家除了去花卉市场以外，我们也推出了花卉园艺超市，还有无人花卉超市，以及鲜花自动售卖机，更方便大家去购物，更便捷地进行消费。"

花卉嘉年华已经成为北京著名的"网红打卡地"，大赛留下来的作品反映了园林绿化的最新理念——新中式主义，或者我们常说的"国潮风"。它既"中国风"，又时尚，不仅深受年轻人喜爱，也赢得越来越多人的喜爱。和大街上流行的"汉服"、APEC会议上领导人穿的"新中装"一样，恰恰说明了中国的文化自信。

北京奥运会正是这一自信的集中展现。承办奥运会，第一要求就是环境，北京为此发力，不仅建造了世界最先进的体育场馆，还在周边建设了著名的奥林匹克森林公园——占地面积680公顷的这块"绿肺"，为奥运会提供了更为优化的生态，并在会后为市民长期服务。作为2008年北京奥运会的重要工程之一，它的设计理念是面向未来、面向世界、富有前瞻性的。

在林巧玲看来，行业发展由单纯简单的绿化，到复合型园林，再到现在的生态节约型园林，更强调的是从设计到施工、到养护的一体化，体现了可持续发展的生态理念，并且让所有的市民能够去共享生态建设成果。

更令市民百姓惊喜的，就是家门口的"口袋公园"越来越多。在新街口、菜市口的闹市区，居然出现了"杂草丛生"的森林公园，里面有着貌似郊野的环境——野草疯长，看起来无人收拾；树木高大，遮天蔽日；道路也是曲折起伏，看起来没什么规则……其实，"没有规则"就是这里的规则——尽可能模拟自然环境，在城市营造野外的氛围，是"城市森林公园"的定位。北京园林绿化美化一开始是增加绿色基调，增加绿量，到后来要增加一年四季的景观，四季要常绿，三季要有花，同时又增加了很多增彩延绿的项目。现在大家推开窗户，都能看到身边的口袋公园、城市森林公园，都能看到小微绿地。林巧玲认为，这是理念的转变，从"城市里建公园"变成了"公园里建城市"。

数据最具说服力。实际上，与小西山栽下第一棵树时相比，北京的森林覆盖率从1.3%提升到了44.4%，森林蓄积量达到2520万立方米，城市绿化覆盖率达到48.9%，人均公共绿地面积达到16.5平方米。全市公园从新中国刚成立时的6个达到1050个，公园绿地500米服务半径（即500米内必有公园或绿地）覆盖率由67.2%提高到86.8%，可谓守着公园，出门见景。

从"在城市里建公园"到"在公园里建城市",看起来只是词语顺序的颠倒,却生动而准确地概括了理念的转变和生活的改善。而全面体现这一最新理念、同时又是集大成者的代表作,就是位于北京城市副中心的"绿心公园。"北京城市副中心投资建设集团有限公司党委书记、董事长李长利告诉我们:"城市绿心森林公园占地面积是11.2平方公里,当时是拆了9个村子和一个东方化工厂。东方化工厂是改革开放之后开始建设的,应该是当年北京的支柱(产业),在八九十年代,北京的工业一个是首钢,一个就是化工,曾有一度化工经济总量超过了首钢。"随着城市的发展,首钢改建为工业风旅游胜地首钢园,东方化工厂融为绿心森林公园的组成部分。当年的工业支柱不约而同地变身"网红打卡地",它们又恰好分处长安街的两端,一东一西,成为北京的新地标,吸引了大批游人。这就是社会变迁的直观反映,也是城市建设更新升级的经典之作。

在打造绿心森林公园的过程中,发现了一条运河古道,这是大运河,进而开发出了2.5公里长的一个故道,体现当年的漕运和码头的历史。李长利说:"大运河是北京城市副中心和通州区的文化的魂,要是没有这运河可能就没有北京。"运河文化蕴含着丰富的中国传统文化,尤其是作为商品交换和经济发展的重要一脉,值得我们不断去挖掘。因此,绿心森林公园绝不只是一副"硬件",它还承载着我们的历史和文化、传承与发展。就在这条贯通南北、穿越古今的大河近旁,副中心未来的三大文化设施——歌剧院、博物馆、图书馆已拔地而起。

在绿心森林公园有一处神奇的地方,就是公园的最低点,在这里所有的水都不外排,完全实现了海绵城市的理念。李长利告诉我们,这个水面一共有9万立方米的水,绿心公园的整体设计是50年不涝,也就是说50年一遇的大水能够自己在这儿消纳。

如果说西山是北京森林绿化的缩影,那绿心公园就是北京园林美

| 东方化工厂 |

| 绿心公园 |

| 通州运河 |

化的缩影。从私园到公园，从增绿到添彩，从人工到自然，园林绿化的理念在不断进步，我们的周边环境越来越美了，这既是老百姓的要求，也是城市职能转变的必然，更是时代发展的趋势！北京城市副中心建设，就是城市职能转变中的大手笔、新创造！

2015年党中央提出建设北京城市副中心，疏解非首都核心功能，推动京津冀协同发展。在北京市委、市政府的领导下，北投集团承担了副中心整体规划方案的国际征集工作。来自全球10个国家和地区的12个中外联合团体参加，最终产生了12套各具特色的设计方案。在充分吸收各团队方案理念、亮点、共识的基础上，形成了综合汇总稿，并以此为基础编制了《北京城市副中心控制性详细规划（街区层面）（2016年—2035年）》。而城市绿心就位于规划中"一轴一带"交汇处的东南角，是副中心绿色空间体系里最闪亮的"明珠"。

未来，按照城市规划，北投集团所描绘的美好生活会在全北京实现——生活与工作不再割裂，公园与城市浑然一体，你随时可以穿行在风景里。从朱启钤打开景山前街的那一刻起，经过几代人的努力，尤其在中国共产党的领导下，北京从"绿起来"到"美起来"，再到"活起来"，正从一座历史文化名城向现代宜居之城、人本之城迈进！相信这座绵延了800多年的古都未来会更加美好，会在人们的期待中将生态文明建设不断推进，惠及子孙、造福人类！

札 记

> 之前也带孩子去过几次西山国家森林公园，当时觉得也就是一个公园而已，无非是面积大一些、树多一些，走起来还挺花时间的。
>
> 采访过西山森林公园（也叫西山试验林场）的老场长之后，才知道这一切是多么来之不易。北京的山区是典型的华北石质山

区,土地瘠薄,几乎不长植被,原来可以说是一片荒山。但中国人硬是凭着无比坚强的意志和极度的吃苦耐劳,用肩扛手提在这里种上了树,还让它们活了下来。

再回首去看这一片连绵700多公顷的绿色山区,不由得对前人肃然起敬,这么大的面积,居然都是人工林!怪不得要出动军队来完成这一场战役,这里有着不亚于战场的拼搏和牺牲精神,多少青年儿女在这里洒下汗水和青春,才让荒山变成郁郁葱葱的森林公园。

知道了这些之后再去看西山的森林,有了格外不一样的感受。这里的树,同样的生长年份,要比它们在南方或东北的"亲戚们"细很多,因为土质薄、雨水少,它们成长起来要花费更多的时间。也由此可想而知,照料它们的林业工作者也要付出更多的心血,浇水、施肥、除虫、灭害,就像对体质单薄的孩子,父母要照顾得格外精心。

就这样,战士冲锋打开局面,知识青年养林护林,几代人前赴后继,才有了北京西部这么一片珍贵的森林。

更令人感动的是,它是北京绿化的缩影和起点。后来京郊几大林场的骨干人才都是从这里走出去的,堪称北京林业人才的"孵化器"。今天北京能戴上城市公园环、郊野公园环、环京周边森林湿地公园环这三串精美的"绿色项链",都与西山试验林场的人才和经验的输出是分不开的。

所以,当我采访到北京花乡花木集团创始人王茂春的时候,他的那番话令人感同身受:"总结这几十年改革开放,给我感受最深的你知道是什么吗?还得说是有组织、有领导的集体发展,这个能做到长久不衰,因为集体的力量是无穷的,大家团结起来的这种凝聚力产生的动力也是无限的。通过这二三十年从事花卉产业,我看没有创新的、小的、小门小户的这些卖花的、种花的,最后有的都不行了。我觉得还是集体的强大带领更多的人去创业、创新。"

这是集体的力量、时代的力量,也是百年来引领中国进步的火车头——中国共产党的力量!

万　芊

大 城 北 京 百 年 成 长 记

1921
—
2021

第八章 美哉工美

对于北京这座城市而言，耀眼夺目的京华工艺美术，是悠久历史长河中最为瑰丽灿烂的篇章。百年之际，当我们仰望高高飘扬的旗帜，重申文化自信时，深深为之感慨的是，工艺美术和其他任何一个行业一样，在百年的发展和演进中，总有一种力量在推动着它。

对于北京这座城市而言，耀眼夺目的京华工艺美术，是悠久历史长河中最为瑰丽灿烂的篇章。百年之际，当我们仰望高高飘扬的旗帜，重申文化自信时，深深为之感慨的是，工艺美术和其他任何一个行业一样，在百年的发展和演进中，总有一种力量在推动着它。

回望过去的岁月，不妨先让我们把时间定格在1924年11月5日。这是中国历史上一个极为特殊的日子，正在紫禁城打网球的溥仪，突然被通知在3个小时内离开，他带着能够带走的所有物品，永远地告别了紫禁城。溥仪出宫后，紫禁城里的文物被一一清点、分类、整理和陈列。他的离去还宣告了一个不争的事实，清王朝覆灭后，在明清两代登峰造极、被称为宫廷艺术的"燕京八绝"——景泰蓝、玉雕、牙雕、漆雕、金漆镶嵌、花丝镶嵌、宫毯以及宫绣，就已经从宫廷走向了民间。

据北京工艺美术博物馆原副馆长李苍彦讲述，清朝灭亡以后，很多满族官员失去了生活来源，为了养活自己，他们凭借得天独厚的条件制作了很多仿旧的字画，还首创了京剧的戏剧脸谱和鬃人。鬃人是一种民间传统工艺，受皮影戏和京剧的影响而产生，人物造型身高约9到16厘米，设计巧妙，成了当时北京的特色。

昔日的达官贵人都需要解决生存的问题，何况一般的手工艺人。在那时候，大大小小的手工艺作坊遍布四九城，比如前门廊房头条、廊房二条、花市大街、崇文门大街一带，都是手工艺匠人们经常出没的地方。从难得一见的手工作坊老照片中可以想象，虽然为皇家服

| 民国时期北京城内的手工艺作坊 |

务、掌握手工艺绝活儿的清宫内务府造办处早已不复存在，但许多自称曾经在宫廷造办处服侍皇家的匠人内心依然是骄傲的，因为他们手中的绝门手艺历史久远，非一般的民间手工艺人可比。

商务印书馆1920年印发的《实用北京指南》记载了近百家北京老字号，其中不乏王府井老天利、灯市口德昌号、打磨厂德兴成等，他们都是制作景泰蓝的老招牌，工艺极佳。当时北京城最热闹的地方当属老话里讲的"东单、西四、鼓楼前"，也有说"东四、西单、鼓楼前"的。"鼓楼前"也有两种解释，一说为鼓楼前面的大街，即地安门外大街，一说为鼓楼大街和前门大街。总之，前门附近成了手工作坊和工艺匠人最密集的聚集地。

不过，当时民间工艺的发展状况非常不好。据20世纪40年代创刊的《工业月刊》记载，很多手工作坊内"空气污浊不堪，光线暗浅至极，只能利用由窗户透进来的天然昼光。工人的健康状况也极为不良，患病者居多；福利问题更是从未注意"。李苍彦坦言："这些手艺人啊，生活特别惨。比如说学徒，当时有好多顺口溜，像'家有半斗粮，不干手艺这一行'。再比如说玉器这一行，'有女不嫁磨玉郎，三天两头守空房。有朝一日回家转，补了裤子补裤裆'。为什么这么说呢？他们一天用两只脚蹬十几个小时，特别费裤子。为什么'三天两头守空房'？因为要加班啊。整天在小煤油灯底下干，特别辛苦。再说吃饭，'韭菜长吃，黄瓜老吃，一年到头吃饺子'，为什么？韭菜长长了，长得没有办法了，黄瓜都非常老了，都快拉秧了才吃上，一年到头，也只能在春节的时候吃一次饺子。"

传统手工艺就是在这样的境况下艰难地传承了下来，据《北京工艺美术志》统计的资料显示，到卢沟桥事变爆发前，北平手工业有70多个自然行业，囊括了"燕京八绝"在内的80多种手工艺品，从业人员至少有15万人。1924年至1930年，销往欧美及东南亚的手工艺品的总额平均每年达100多万美元。

民国初期，中国的地毯、玉器等工艺品在一些国际博览会上屡屡获奖，在世界范围内引起了轰动，中国的工艺品由此销路大开。当时这个行业还不叫工艺美术，而是被称为特种工艺。1937年，北平城里大大小小的作坊达到200多家，但其中规模上百人的厂子往往都是掌握在外资手里。

随着日寇的入侵，北平手工艺人的生存日趋艰难，手工业产品很快出现了出口停滞的局面。到了1948年，八成以上的手工作坊处于停业状态，手工艺人只剩下1600多人，勉强为生。

新中国的成立，为苦苦支撑的手工艺人带来了前所未有的生机。北京和平解放的当天，解放军从前门、宣武门、崇文门、东四和西四牌楼前路过，这些路段的手工艺作坊最为密集，手工艺人挥舞着旗帜，将人民军队迎进了北京城。

开国大典时，天安门城楼已被装饰一新，尤其是城楼上悬挂着的充满喜庆吉祥之意的巨大红色纱灯，不仅给开国大典增添了浓厚的庆祝氛围，还给后人留下了一段手工艺人的历史佳话。

当时，做灯笼的任务是9月20日以后才确定的，时间紧、任务重。最终，工作人员从故宫博物院找到了一位原先给宫廷做灯的扎灯老艺人。那时候老人家已经70多岁了，家住丰盛胡同。据《当代北京工艺美术史话》记载，做老式的灯笼，糊纱需要竹子。竹子也有讲究，得要三年以上的青竹。整个制作工艺非常复杂，每盏灯架需要48根灯条，竹条用火烤弯后，再扦插固定在12块松木制成的、直径0.6米的上下两个灯盘上，再经过捏样、定型等工序，包括糊布、贴金纸、编结网穗、制作灯盘连接杆、挂环等等。老艺人一个人完成不了，于是又找了十五六个人一起帮忙，做出来的灯笼一个重达80斤。

赶制了三天三夜，8盏大红纱灯终于在9月30日完成。当直径2.5米的巨大红纱灯悬挂在天安门城楼上时，在场的人都流下了激动的泪水。后来，每到重大节庆，除了天安门广场，人民大会堂、国家历史

博物馆都要挂灯笼，都由北京市的手工艺人来制作。

一年后，也就是1950年9月20日，国徽的设计图案才确定。前门外的一位老雕刻艺人，制作了悬挂在天安门城楼上的第一个木质国徽。当万人仰望这枚国徽时，正好是新中国成立后的第一个国庆节。开国大典的大红纱灯、第一个木刻国徽向人们发出了一个重要信号，在旧中国从事工艺美术行业的工艺匠人即将迎来他们的大好春天。

随着新中国的成立，各行各业的建设热情高涨。由于得到了党和政府的大力支持，在新中国成立后的短短8个月内，北京特种手工艺作坊可统计的出口产品约值78万美元，行销海外的产品总值超过40万美元。

但不得不承认的是，刚解放的北京还属于一座消费城市，由于没有生产能力，老百姓穿衣服得穿洋布做的，用钉子得用洋钉子，火柴都是洋火，消费品中都带个"洋"字。党和政府决心要发展生产力，把消费城市变成生产型城市，只能从当时最发达的特种工艺入手。当时的手工业只有19种行业还在坚持生产，其余的大部分在1948年以前就改了行。老艺人都摆起了小摊儿，例如面人郎开始卖烤红薯，做景泰蓝的金世权转行卖起了豆浆，年轻力壮的则去拉三轮。

党和国家为了恢复国民经济，鼓励老艺人重操旧业，为他们提供了贷款，第一次拨款几千万，第二次则过亿。在这种情况下，如果可以恢复正常生产，就能获得超过1000万美元的外汇，用这笔钱可以换取够全市人民吃两个月的粮食。另外，政府还积极组织全国性的交易会，开拓销路。

有了资金，生产慢慢恢复了，国民经济也稳步走向了正轨，旧中国的劳苦大众变成了新中国的主人翁。手工艺人们积极响应国家的号召，尽情发挥自己学的手艺，干活儿的时候都哼着小曲。做花丝镶嵌的老艺人翟德寿，听说要开世界和平大会，就拿过去做佛像、做首饰的花丝来做和平鸽、做地球、做华表，这件事登在了当时的《人民日报》上。新中国成立后，以手工艺人为代表的劳苦大众翻身解放，当时约有五六十个老艺人都当上了人大代表，他们的政治地位迅速得到提高，行业的面貌也为之一新。

新中国成立以后，仅就景泰蓝这个行业而言，为了挽救这一传统工艺，党和政府采取了银行贷款、加工订货、政府收购、免征营业税等政策，并提出罗致艺人、保存技艺、培养艺徒等措施，从根本上保护和发展景泰蓝。1950年，政府为了创立景泰蓝生产企业，把珐琅作坊组织起来，成立了珐琅一、二、三社和公私合营企业，使景泰蓝行业得到迅速发展。

景泰蓝的起死回生，是党和政府大力支持的结果，也倾注了一批文人和学者的心血，正是他们的亲力亲为，景泰蓝的春天才得以到来。而春天的使者，就是我国著名的建筑学家梁思成和林徽因。

新中国成立之初的一天，梁思成和林徽因在繁忙的工作之余来到琉璃厂海王村，走着走着，一个古玩摊上的一件工艺品引起了他们的注意。摆摊的老者没有想到，面前的这两位不平凡的来客就是即将改变景泰蓝的命运并且赋予它新生的人。

新中国成立初期，北京的景泰蓝作坊大大小小加起来有200多家，最大的作坊不过二三十人，小的只有两三个人，生产环境恶劣，产品单一，更谈不上图案样式，行业处于极度萎缩的状态，亟待拯救。就在梁思成、林徽因去了琉璃厂不久之后，抢救景泰蓝美术小组由他们牵头在清华大学成立。紧接着，北京市人民政府工商局邀请梁思成、林徽因、费孝通、徐悲鸿、王世襄等一批专家学者座谈，决定成立特种工艺问题的研究机构。专家们一致认为，抢救景泰蓝可以弘扬中国工艺美术的优秀传统、表现新中国的精神。

当年，年轻的常沙娜、钱美华和孙君莲就在景泰蓝美术小组。在常沙娜的回忆中，她们三个人每天上午九点来到梁思成的家中，林徽因指导她们对传统的景泰蓝进行改造。景泰蓝工艺为中国独有，造型

| 梁思成、林徽因 |

| 景泰蓝美术小组成员（从左到右为：钱美华、孙君莲、常沙娜）|

各异，而现有的都是故宫里保留下来的，需要把景泰蓝进行创新改造。比如，设计出台灯、盘子、烟灰缸等一系列生活用品，来适应新的需要。

在林徽因的指导下，常沙娜把敦煌壁画的图案变成了设计稿，钱美华把陶瓷的图案也画了上去。于是，原先只是用于摆设的花瓶变成了实用的台灯，盘子也烧出来了。很快，清华大学建筑系、文物陈列室、中国营造学社、特种手工艺联合会、仁立毛纺公司等机构联合组织了北平特种工艺改良设计研究会，在林徽因和美术小组的推动下，清华大学营建系设计出了第一批景泰蓝图样。

1952年，亚太和平会议在北京召开，受国务院委托，由美术小组设计景泰蓝礼品。林徽因主张要把鸽子和敦煌的图案设计进去，而且一定要用中国敦煌壁画的图案，鸽子也要用中国的图案，不用西方的。常沙娜她们画出来后，林徽因又亲自进行修改。后来，由她们设计的景泰蓝礼品被郭沫若称为"新中国第一份国礼"。

由梁思成和林徽因主导创立的景泰蓝实验工厂制造出了一系列与生活有关的、具有实用性的、大众化的产品，如烟具、文具、灯具等，不仅扩大了内销，而且还走出了国门，参加了一系列国际博览会，产品销往苏联和东欧等国家和地区。

在工艺美术史上，新中国成立后的第一个十年，是一个激情迸发、大师辈出的年代，北京工艺美术事业之所以能得到极大的发展，最重要的原因就是得到了党和政府的大力支持。老艺人杨士惠在庆祝手工业改造完成大会上亲自向毛主席报喜；景泰蓝老艺人张殿鸿走进了中南海，与朱德、陈毅共进晚餐；到了1957年，北京市特种工艺工业公司下属的生产单位已经有55家，产品销往29个国家和地区。

20世纪70年代到80年代，北京工艺美术又经历了一个新的辉煌的十年。仅1973年一年，北京工艺美术行业的年产值就达1.2亿元，出口创汇4000多万美元。到了80年代，产品出口到了120多个国家

| "新中国第一份国礼"（郭沫若语）|

| 北京市工艺美术品联社老艺人游园留念（1956年国庆前夕）|

| 北京市工艺美术联社工艺美术研究所成立纪念（1957年3月28日）|

| 20世纪50年代工美艺人工作场景 |

和地区，年产值比1965年增长了近3倍，为新中国成立前最好水平的210倍。就在这个出口创汇率极高的黄金年代，发生了这样一件趣事。

20世纪70年代初，有一家北京工艺美术工厂，任务是接待外宾。有一天，英国首相丘吉尔的孙子到这儿来参观，被一个一米多高的景泰蓝瓶子所吸引，当即提出要买这个瓶子。当时的政策是生产企业不能销售，于是厂长一级一级请示，等到全厂职工都下班了，上级的批条才下来。苦苦等待了一个下午的小丘吉尔特别高兴，哼着小曲，亲自背走了这个景泰蓝大瓶。

时间的步伐迈入了21世纪，一个新的更美好的时代和我们相遇了。如果说20世纪的北京工美大事记是以1998年北京工美艺术世界的隆重亮相为收官，那么21世纪一定是以2001年北京工美集团有限责任公司正式挂牌运营为开端。至此，北京工艺美术进入了一个全新的时代。

坐落在王府井大街的工美大厦，前身是北京工艺美术服务部，它被誉为"中国工艺美术第一店"。作为当之无愧的"中华老字号"，它是北京工艺美术七十载的见证者。就是在这里，北京奥运徽宝验收交接仪式庄严举行。北京奥运徽宝经北京奥组委委托，由北京工美集团有限责任公司承制。最终制成的两方徽宝，其中一方被送往洛桑奥林匹克博物馆永久珍藏。

北京工美集团有限责任公司副总经理、总工艺师段体玉动情地回忆道："记得那是2003年的8月3日，晚上8点30分，在祈年殿前，当北京奥运会协调委员会主席维尔布鲁根先生从匣子里取出一方晶莹剔透的徽宝的时候，特别是把这个徽宝的印盖在我们中国的宣纸上，那一刻，全世界的目光都被吸引到天坛的祈年殿前了。作为参与了奥运徽宝制作的工美人，我们当时是非常骄傲和自豪的，很多人都流下了激动的泪水。当时的总工艺师、项目的总设计师郭鸣接到这个项目的时候，两天两夜基本上没有合眼，不到48个小时就拿出了初步的手稿和效果图，又花了5天的时间对它进行塑形，最终获得了奥组委的认可。紧接着第二个困难来了，如何去选这个玉料？要找到两方一模一样的玉料，而且颜色要好，质地要特别均匀，还要细腻，还能代表玉玺的价值和地位，这样的玉料非常难找。当时发动了整个集团、整个工艺美术行业的力量去找，都没找着。在山穷水尽的时候，新疆工艺美术行业的朋友从和田找到了，剩下的难题就是如何去加工。当时把整个北京的能工巧匠全部筛选了一遍，最后决定由中国工艺美术大师于长海亲自挂帅。最终花了100多天的时间，圆满地、高质量地完成了制作徽宝的任务。这件事的意义非同寻常，向全世界发布徽宝的同时，其实是在弘扬我们中国的传统文化，重新激活了工艺美术行业，整个行业内的动力和活力重新被调动起来了，也锻炼了一批年轻的设计师，80年代出生的那一帮人，现在都四十来岁了。奥运徽宝是我们共同的宝贵财富。"

北京奥运徽宝精彩亮相，因其特殊的寓意和文化内涵，成为具有历史意义的杰作。值得解读的是，徽宝边长112毫米，代表从1896年到2008年，现代奥运已经走过112年；台面高29毫米，含义为第29届奥运会；钮高96毫米，象征着中国的陆地面积为960万平方公里；总高13厘米，象征着13亿中国人民心向奥运。

奥运徽宝的成功开发，是北京工美行业重新出发的重要转折点，随着奥运的举办，奥运徽宝和北京工美集团走向了世界。后来，北京工美集团一举拿下了全国第一家北京2008年奥运会特许经营商和特许零售商的"双特许"资质，开业至奥运会结束，创下了4亿多人民币的销售额。

从奥运到冬奥，北京荣幸地成为"双奥之城"，是目前为止唯一一个既举办夏奥会又举办冬奥会的城市。工美团队再一次参加了冬奥徽宝设计，上上下下都憋足了一股劲。

在最初策划主题方案时，有很多不同的建议和声音。最终，策划

|北京奥运徽宝|

团队将主题确定为"凤",是因为在一百多年前,1896年第一届夏季奥运会在雅典召开时,就出现了一款铜镀金的凤主题纪念章。一百多年后,中国的手工艺人再次选用"凤"为主题,是一种默契,更是一种跨时空的东西方文化交流。2019年7月31日,象征着美好与智慧、向上与进取,展现凤跃冰雪、激情冬奥的金玉徽宝正式亮相。由北京奥运徽宝原班人马打造的冬奥徽宝以瑞凤为原型,向全世界展示中国传统文化的同时,也象征着中国对世界承诺,展现办好一届卓越、非凡、精彩冬奥的信心。太平盛世,有凤来仪。冬奥徽宝带着北京手工艺人的心血走进千家万户,为众多冰雪运动的爱好者和冬奥文化的爱好者所铭记、珍藏。

作为北京冬奥会首款印玺特许商品,北京冬奥徽宝典藏版从选料开始就有着几近严苛的标准,选用了和田上等青白玉,整体造型采用线雕与圆雕工艺,使瑞凤呈现出灵动的美感与魅力,表现出细腻生动、飘逸唯美的工艺效果。北京冬奥徽宝珍藏版则以黄金为材料,采用古法制金工艺,全程有十几道工序,不允许出现丝毫差错。每方徽宝重量不低于356克,"3"代表中国"带动3亿人参与冰雪运动"的冬奥目标,"56"代表中国56个民族团结一心,支持冬奥。徽宝通体呈现"色泽温润、华而不炫、贵而不显"的哑光效果,造型古朴。

进入21世纪的中国,经济腾飞,文化繁荣,新一代领导人在亮相国际舞台的同时,也将代表着国家形象和传承的工艺极品亮相于世。它们作为国礼,出现在各种重大的场合,APEC会议、"一带一路"论坛、中非论坛……它们是中国文化的符号,更是礼仪之邦的最好诠释,浓缩了一个时代的文化精华,体现了国家的综合发展水平。

创造了北京奥运奇迹并将在2022年冬奥会上精彩亮相的北京工美集团,数十年来一直延续着"燕京八绝"的辉煌,秉承工匠精神,肩负着大国外交的使命,承担着国家级礼品及重大项目的设计制作,有"国礼造办"之美称。

2014年3月，北京工美集团接到邀标的通知，为11月份在北京召开的APEC会议设计礼品。在50多家单位的竞标方案中，只留下20个方案。消息传来，最终选定的三款方案都是由北京工美集团提供的。北京工美集团参选竞标的《四海升平》景泰蓝赏瓶，由北京市珐琅厂国家级、市级大师参与设计，北京市珐琅厂各工序高级工艺技师精心制作而成。

在这次峰会中，景泰蓝制作技艺不仅在建筑装饰工程上惊艳亮相，也在各主会场向各国贵宾展示出了京珐景泰蓝的艺术风格和精湛技艺。对于北京市珐琅厂来说，他们设计研发的雁栖湖国际会都主会场集贤厅景泰蓝室内装饰工程是景泰蓝发展史上的一个创举，一个古代不可能实现、直至21世纪的第二个十年才第一次呈现在世人面前的颠覆性尝试。在几百年的历史中，景泰蓝技艺基本都是用于制作瓶瓶罐罐类的生活用品。这一次在集贤厅中摆放了18个大斗拱、48个小斗拱，将景泰蓝用于建筑装饰，颠覆了景泰蓝的历史。

人们一进入木质结构的APEC主会场，就能看到非常显眼、鲜亮的景泰蓝斗拱，既符合中国的国家政治礼仪空间形象，又给人眼前一亮的震撼感。在1200平方米的集贤厅里，景泰蓝的用色摒弃了传统斗拱的原木色或者七彩色，将全部色彩统一在正红100的色标里。装饰图案则选取了北京常见的花果植物，如月季、枫叶、银杏，通过组合、拼接、变形等手法，既满足了工艺要求，又传递出现代的美感。当室内灯光全部打开时，红色的斗拱反射出金属光泽，呈现出别具一格的艺术氛围。

北京珐琅厂前董事长衣福成讲述了那段难忘的日子："景泰蓝斗拱在制作过程中遇到了很多困难，最主要的就是斗拱的异形，异形就是经过火烧后的变形，所以在磨光这道工序中要反复地核对、整形来保证它的衔接。普通的圆形景泰蓝是半机械生产的，而异形的，包括斗拱这种方形的，需要纯手工打磨，一次一次地打磨，来保证它的精

|《四海升平》景泰蓝赏瓶|

|北京珐琅厂|

| 雁栖湖国际会都会议中心集贤厅里的景泰蓝斗拱 |

度。我们工人师傅的手天天泡在水里头，不光是起泡，而且手会发白、变肿。这么大的工作量，1800多件的散件，要在短短的5个多月当中完成，工人师傅全都没有休息。特别是我们的一些骨干、党员发挥了很好的模范带头作用。另外，在安装过程中也遇到了困难，斗拱的散件一块也100多斤，怎么把它吊起来呢？我们的工人师傅就住在现场附近，用了半个多月的时间在脚手架上一个一个地安装，保证每一件东西都能够顺利地安装到10米高的位置。当时APEC会议刚刚开完，我们就举行了一次党日活动，把全体党员带到了这个厅，让京珐的党员看一看我们自己生产制作的艺术品是如何登上国际大堂的。"

APEC遇到景泰蓝，让传承了60多年的老字号京珐写就了一段传奇。传承的不仅是技艺，还有景泰蓝工艺的巨大发展空间，他们将传统的景泰蓝工艺与个性化定制相结合，通过艺术设计和市场运作，赋予了传统工艺新的生命力。

时光流逝，这些被捡回来的制胎老机器，在京珐的院子里成了一道景观。虽然再也派不上用场了，但是它们默默地见证着新时代，见证着生活方式的改变和人们对美的追求。随着生活水平的提高，人们对工艺品的鉴赏力和购买能力与过去相比发生了质的变化。富裕了的老百姓，物质生活提高了，精神生活也有了很大提升。谁也没有想到，在景泰蓝淘宝大集上，市民会"疯"淘景泰蓝老物件，万余件产品被抢购一空。

时间追溯到2013年，京珐准备出售一批20世纪六七十年代出口创汇留下来的尾货。据当时的工作人员、景泰蓝高级技师姜亦波回忆，当年来逛大集的人一天比一天多，柜台爆满，一楼、二楼，包括楼道，挤得水泄不通，有的人甚至拉着小车来淘货，一买就买十多件，花费达好几万元。其实，很多老百姓一开始并不知道景泰蓝是什么，经过参观、互动，了解了景泰蓝的前世今生，特别是了解到20世纪六七十年代的这些产品，有的是将来不会再生产的，有多少升

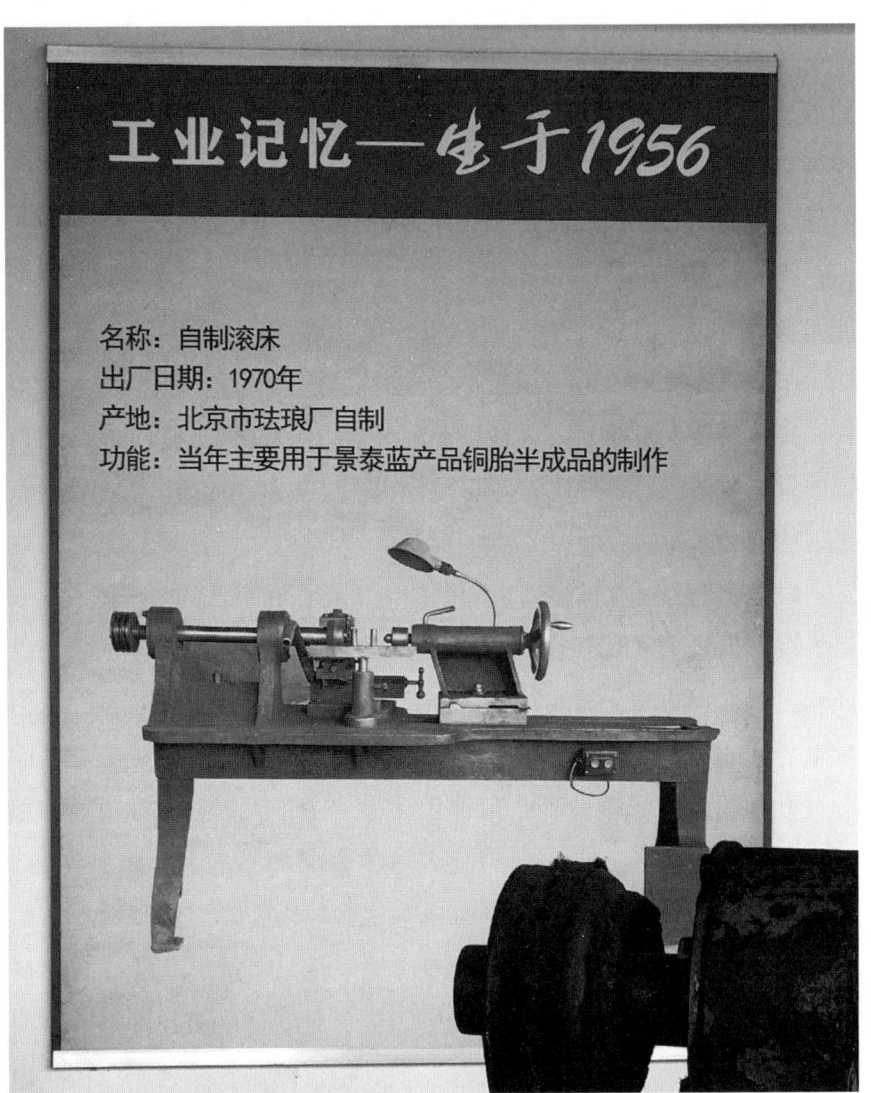

| 制胎老机器 |

| 2013年大集现场 |

值空间暂且不论，更重要的是它们承载了一段沉甸甸的历史回忆。最终，15天的大集总销售额高达1500多万元，最多的一天240多万元，在工艺品的销售史上史无前例。

景泰蓝淘宝大集到现在已经成功举办了八届，京珐大集的火爆大卖在京城成为一大景观，当年的奢侈品变成了今天的限量版，景泰蓝老物件儿从尘封的仓库里走出来，找到了收藏者。这是时代的进步，也是百姓的欢乐。

2020年，以"盛世华章　国之庆典"为主题开展的献礼中国共产党建党100周年华诞暨景泰蓝《盛世鸿运尊》全球首发仪式在北京举行。

这件景泰蓝《盛世鸿运尊》由北京工美集团技术中心出品，是献礼中国共产党成立100周年的倾力之作，以天安门开国大典红灯笼为原型，希望人们能够铭记党的百年奋斗史，不忘初心，传承革命精神。值得一提的是，这是景泰蓝与玉雕两大非遗文化的首次结合。《盛世鸿运尊》整体造型圆润饱满，寓意着和谐与吉祥；图案包含天安门、红船、牡丹花等元素，象征着走过百年的中国共产党定会领导中国迎接更加辉煌的未来；辅以如意云头纹、江崖海水纹等皇家传统纹饰点缀，寓意吉祥如意、福禄无边；瓶耳为飞龙造型，寓意彩龙兆祥、民富国强；以飞天貔貅托底，寓意江山永固、鸿运亨通；玉玺朝天吼蹲坐顶端，上通下达，象征着对盛世鸿运的美好祝愿。面对这件象征着光明和希望的艺术品，我们看到的是文化传承带给古都北京的魅力，它是北京的文化品牌，是时间的流淌，是历史的回声，是美的记忆，是工美匠人的艺术表达。

百年工美，美哉工美。我们站在时间的节点，再次回望走过的不平凡的百年历程，让我们带着美的记忆、新的使命，在鲜艳的旗帜的引领下，继续前行。

北京——一座继往开来的城市，无论这座城市怎样变化，都不会改变它内在的丰富精神。在这样的精神之中孕育而生的工艺美术，必

|《盛世鸿运尊》（北京工美集团技术中心出品）|

然会循着它内在的轨迹而传承、发展，并源源不断地散发出关于宇宙、自然、环境、材料、技艺、造型和传承的智慧。

札 记

此次担任纪录片《旗帜》工艺美术这一集的编导，感触最深的是，历时两年的筹备和拍摄，使我有机会重新认识和了解这座生活了将近三十年的城市。在这个过程中，再来体会北京是中国的首都、政治和文化的中心这个概念时，所有的"理性认识"都因为触摸而变得鲜活起来，使我这个"文艺中年"不得不再次像小学生一样认真捧读《五四运动史》，重返五四现场，重回北大红楼，重走箭杆胡同……希望深度的寻访能够使我明白一百年对于一座城的意义。

一百年前的北京到底是什么样子？陈独秀、李大钊为什么要建党？当我看完伙伴们为这次拍摄撰写的二十多万字的文本时，一百年前的北京清晰地浮现在了眼前，瞬间对这座城市的前世和今生有了一种特别的感受。不得不说，这是一座伟大的城市！因为，它在百年前，就是五四运动的发源地、新文化运动的主战场、中国共产党成立的演练场！

当我们把镜头聚焦在一百年来的北京工艺美术，面对它经历的沧桑、磨难、辉煌和再出发时，能深深地感受到一个行业的发展和它所处的生存环境密切相关，进而对"没有共产党就没有新中国"这句话的含义有了特别具象的理解。

这样的感受和一个人物有关，虽然她没有在《旗帜》的片中出现，但却使人感触良久。她叫徐峰，原名吉婧湘，"北京工艺美术终身成就奖"获得者。在《北京工美的忠诚守护者徐峰》这个展览里，她被尊称为先生。徐峰生前长期担任北京特艺公司副经理、党委副书记，有着一连串殊荣，"行业新老人才培养和提高技艺水平的组织者""北京最早建立工艺美术品产品质量标准的领导者、组织者和实施者""新中国成立初期众多国礼和'86工程'翡翠四大国宝设计制作的最高指挥者""抢救收集、挖掘保护工艺美术老艺人和传统民间工艺的卓越带头人"……

那天，在北京工艺美术博物馆，北京工艺美术学会召集了一批行业里的人士，大家一起深切怀念了这位备受尊敬的老领导。1943年，当时身为国立北平艺专研究生的徐峰年仅21岁，就已经开始为中共晋察冀城工部做地下工作了。后来她加入了中国共产党，1948年底北平和平解放前夕还担任了军管会的联络员。人们在回忆她时，都非常动情，因为她是一位革命前辈，更因为她作为行业的领导者，和当时大批的老一辈手工艺人建立起了深厚的感情。许多人回忆说，徐峰不仅关心他们的工作，还关心他们的生活，相处得就像亲人一样。

拍摄完《美哉工美》这一集片子后，回味北京工艺美术历经的百年流变，总能想起这位备受赞誉的女党员——60年代，陪同国家领导人考察北京特艺公司时是那样英姿飒爽；80年代，亲自参加抢救、挖掘老艺人技艺，整理口述实录时又是那样全力以赴，风采不减当年！如果以后有机会，真希望能纪录这样的人物形象。

最后，我想再次致敬这座伟大的城市，当我们把百年后镜头里的北京再现给观众时，我们自信地认为，我们给予观众的，不仅仅是城市百年的变迁史，更是一座城市的心灵史！

田　禾

大 城 北 京 百 年 成 长 记

1921
—
2021

第九章 北京味

1910年,法国作家谢阁兰在给德彪西的一封信中写道:『北京才是中国,整个中华大地都凝聚在这里。』如果从这个角度来解读百年来北京城的餐饮发展,我们不难看到在历史的画卷中北京味道的厚重感和丰富流变。无论世事如何纷繁,社会如何变迁,京味儿始终与这座城市紧密相伴。从某种意义上讲,正如同我们的文化,不仅从未断裂,而且愈加发扬光大。

1910年，法国作家谢阁兰在给德彪西的一封信中写道："北京才是中国，整个中华大地都凝聚在这里。"如果从这个角度来解读百年来北京城的餐饮发展，我们不难看到在历史的画卷中北京味道的厚重感和丰富流变。无论世事如何纷繁，社会如何变迁，京味儿始终与这座城市紧密相伴。从某种意义上讲，正如同我们的文化，不仅从未断裂，而且愈加发扬光大。

北京的饮食文化，早已融入历史的脉络中。自清代乾隆年间，北京形成了山东风味、宫廷风味、清真风味多元并行的格局，集萃百家，兼收并蓄，随着川、湘、粤等地美食陆续进京，全国风味纷至沓来，今天的北京已然成了世界美食的竞技场。

饮食文化，自古就流转于每一方水土、每一方天地。承袭了儒家文化的鲁菜，因其讲求品质、注重内涵，与京城文化氛围高度契合而备受推崇。自元朝开始，就不断有山东厨师进京，到了清朝中后期更是达到巅峰，京城里一度最有名的"八大居""八大楼"等大饭庄，十之八九是鲁菜的天下。创建于1822年的同和居是经营鲁菜的中华老字号，以"同怀和悦"之意命名。民国初年，掌柜牟文卿请到御膳房的袁祥福前来帮厨，袁祥福凭借着"三不沾"等一道道宫廷名菜使同和居名震京城，被称为京城"八大居"之首。

于晓波是同和居现任行政总厨，在他所听到的师傅们讲述的故事中，过去的同和居装修得十分阔气，而且收藏着很多名人字画，有杜甫的酒令，还有保存极好的白居易的硬木屏风。在清朝，慈禧去颐和

| 同和居 |

| "三不沾" |

园的时候需要净街,老百姓不能在街上走,为了看热闹,人们把街边的酒店单间都订满了。同和居的师傅们从小窗户往街外看,就能看见慈禧的队伍沿着西大街向颐和园行进。

"三不沾"是同和居的一道镇店功夫菜,仅以鸡蛋、糖和豆粉为原料,搅拌后倒入热油锅炒制,手不离锅,勺不离火,经过三四百次的搅炒,直至其状如凝脂、形如满月,出锅时色泽金黄,香味扑鼻。吃时一不沾盘、二不沾匙、三不沾牙,故名"三不沾"。

据北京市餐饮行业协会会长,华天饮食集团党委书记、董事长贾飞跃介绍,随着现代生活推崇的减盐、减油、减糖等饮食方面的变化,"三不沾"这道菜品本身也在不断变化。例如,出现了"翡翠三不沾",既增加了菜汁,又降低了甜度,这样的一些变化都是为了符合现代人的需求,跟上时代的发展。不可否认的是,北京一直是一座包容的城市,经历了几个朝代的更迭,不同民族、不同地域的人不断来此聚居,来自天南海北的菜系也被融合在一起。北京独特的气候、人文环境以及地理条件,又使得这座城市和别的地方有所区别。饮食在融合变化的过程中,无论是外来的美食,还是本地的菜品,都需要循序渐进地找到与人们需求契合的点。

因其首都的特殊地位,八方通达的北京存在着大量的社交需求,形成了相当繁盛的餐饮市场。这里,既有藏身官府的珍馐佳肴,也有牵动江湖的市井滋味,不止于红墙内巍峨的宫殿庙宇,绚丽多姿的街头巷尾往往能寻得更地道的北京味。有人将北京小吃比作千年都城史的"活化石",因行当门槛低,只需少许本钱便可起步,所以经营小吃成为许多外地人进京后最先想到的谋生方法。

1948年的一天,一个40多岁的山东汉子来到北京讨生活。他在京城盘桓多日后,发现西单牌楼附近商铺林立、人来车往,于是选定在西单路口的东南角开设了一家门面不大、只有几张桌子的小饭铺,这就是庆丰包子铺的前身——万兴居。离万兴居不远的地方就是京城

| 庆丰文化展馆展出的万兴居老门店街景 |

著名的戏园子——长安戏院，那时常有梨园名家在此演出，有时要演到夜里九十点钟才散场。此时附近的店铺大多关门打烊了，只有万兴居的门儿还开着，不少演员和戏迷便到这里买些包子，垫补垫补。虽然是普普通通的小吃，但老板格外认真，不但选料严格，而且制作精细，蒸出的包子皮薄馅大，鲜美多汁，松软爽口。

庆丰包子铺的常务副总经理路大勇在讲述庆丰包子铺的历史时说，在1948年创立之初，当时还叫万兴居的庆丰就已经继承了中式餐饮里面平民小吃的血统。这样的小吃深受市民喜爱，第一是因为平民消费得起，另外一个重要的原因是传统小吃的性价比高，选材地道，而且又好吃。于是，小吃顺理成章地成为一种口碑食品在市场上存在。

小吃无疑是老北京弥合阶层鸿沟的吃食，无论是达官显贵还是平头百姓，溜达的时候都能随便买点儿，垫补垫补，碰到哪样儿买哪样儿，所以当时老北京人给这类吃食起了一个亲切的称呼——"碰头食"。食材简单朴素，制作过程却比较繁琐考究，这正是北京小吃的风骨，更是老北京的百姓们在不宽裕的生活里积累下来的生活态度与处世哲学。

20世纪40年代，战乱不绝的北京经济疲敝，私营工商业整体陷入经营困境，到饭店吃饭的人越来越少。尤其是在解放前的那段困难时期，普通老百姓很少能享受到美食，当时的经济条件使得很少有人"下馆子"，每天能吃顿饱饭已经是莫大的满足。有人夸张地形容，在那样的日子里吃饭的时候拿猪皮擦擦嘴都可以算得上是吃肉了。

新中国成立之初，经济困难，百废待兴。对于1864年创立、已经存续经营了近百年的全聚德来说，日子也十分难熬，经营困难时，甚至到了发不出工资的程度。幸运的是，解放后全聚德得到了政府的救助，通过公私合营的方式保存了下来。1955年，东来顺也在政府的支持下实现了公私合资。一时间，许多私人资本通过公私合营的

| 庆丰包子铺 |

方式，实现了"盘活"。1956年，万兴居也响应号召，加入了公私合营的行列。因其包子已小有名气，公私合营后便专门经营包子。1976年，万兴居取吉庆、丰年之意，更名"庆丰包子铺"。

十一届三中全会后，改革大潮推动北京的餐饮业走上市场经济的轨道。1979年5月，全聚德和平门店开张，全店可接待2000多位宾客同时就餐，成为世界上最大的烤鸭店。1980年10月7日，北京第一家个体饭馆——悦宾饭馆在北京东城翠花胡同开业。1983年4月，北京市政府向全国发出一封"欢迎来京开办名特优食品商店、风味餐馆"的邀请信，并通过多种方式引进外地著名的风味餐馆和菜肴。越来越多的个体餐馆如雨后春笋般冒了出来，北京餐饮业步入发展的快车道。

1987年，马凯餐厅在改革的浪潮中迎来了又一个发展的春天。马凯餐厅第四代技艺传承人、餐厅经理吕永杰在回忆时说："1987年，我上班之前，马凯餐厅又经过一次翻建装修，那时候在北京市场就相当火了。我参加工作的时候，正好赶上它最繁荣的那段时间。记得我还在当学徒的时候，那时候还没有排队拿号一说，都是你在这儿还没吃完饭呢，他就在那儿拿脚踩着你的凳子了。那时候的大厅里都是人，非常热闹。当时旅游业还不是那么繁荣，来吃饭的都是来自城里的消费群体。当时北京的餐厅也不是特别多，像这种有名的餐厅就更少了。说'请朋友，去哪儿吃去呀？'说'我请你去马凯吃顿饭'，那都是很有面子的事儿。"

新中国成立后，湘菜在北京城的名声越来越大。1953年的一天，地安门外的后门桥路西人声鼎沸，京剧大师梅兰芳正在为一家餐厅剪彩，这就是由13个湖南同乡集资兴建、经营湖南风味菜肴的餐馆——马凯餐厅。这13个湖南老乡中有一个股东本来与梅兰芳的家人有一些联系，后来又认识了马凯汽水店的老板，于是就和同乡协商着把马凯汽水店给盘下来。开业的时候，有很多名人来捧场，其中就

| 全聚德和平门店 |

| 悦宾饭馆 |

包括齐白石赠画、梅兰芳剪彩。在旁人的眼中，这些名人都认可这家店，于是马凯餐厅瞬间在餐饮圈子里出了名。开业以后，马凯餐厅的经营状况非常好，就像现在的"网红效应"，通过某一个产品、某一个名人一下就带火了一家店。

随着改革开放的推进和人民生活水平的提高，我国餐饮市场逐渐发展壮大，人们把"下馆子"当成一种时尚，谁家有喜庆事，都愿意在饭店摆一桌，既省事又有面子。

1987年11月12日，国内第一家肯德基在北京前门开业。开业那天，顾客平均需要花费两个小时才能等到一个座位。1990年，必胜客进入中国市场，在北京开设第一家中国分店。"洋快餐"不仅带给人们味觉体验的新鲜感，也为中国餐饮业带来了先进的管理模式和全新的用餐观念。全聚德、同和居等中餐老字号，在这种冲击下完成了传统工艺的创新与经营模式的转变。

20世纪90年代，民营餐饮业蓬勃发展，自助餐开始流行。曾经"饿怕了"的一些人，面对自助餐显然有些失态，"扶墙进，扶墙出"这一自我调侃的说法，让许多人记忆犹新。同时，主打"生猛海鲜"的粤菜一度成为一种时尚，各式餐饮遍地开花的北京，迎来餐饮业的"饕餮时代"。北京价格最贵、最具人气的馆子，变成了"三刀一斧"。北京人幽默，不直接说餐馆价码高，就用刀、斧比喻，意思是说去那儿吃饭能狠宰你一顿，得大把花钱，简直是刀刀见血、一斧露骨，吃顿饭如同在身上割肉。各个版本有关"三刀"的说法有所不同，常见的版本是指地安门东的明珠海鲜、景山旁的大三元酒家和原骡马市大街东方饭店北边的肥牛火锅这三家。"斧"则是指山釜餐厅，因为名字中的"釜"发音和"斧"一样，所以叫"一斧"。在人均收入并不高的年代，人们把经常出入这些地方的人称为"大款"。

其实，北京的餐饮行业在蓬勃发展的过程中也走过一段弯路。吕永杰在回顾传统工艺创新的道路时说道："那大概是1995年到2010年左右，实际上那种创新我个人感觉可能就是走了一段弯路。中间那段时间我们有点飘了，可能被那些高档餐厅所影响，因为他们不是专门为了吃，而我们盲目地学习，导致被他们带得有点偏离了餐饮行业的初衷。现在看起来，我觉得那段时间我们可能有点创新得过头了，有点标新立异甚至是哗众取宠，脱离了美食的本身。比如把鸡蛋做成鸡蛋糕，再把鸡蛋糕雕成一个凤凰头的形状，羽毛都炸起来，做完后倒也挺有成就感的。但现在看起来，那个东西并没有多少实用价值，事实也证明这种创新慢慢就被市场所淘汰了。"

到了2005年，外资餐饮企业在中国开设的连锁门店已经突破千家。美国食品工业协会在2005年的年度报告中指出，中国是世界上最有潜力的餐饮市场，中国的餐饮业是一个巨大的成长型朝阳产业，是中国市场上唯一一个连续15年获得两位数增长的行业。另外一组数据则更能说明我国餐饮业的冰火两重天。我国工商部门数据显示，2005年，北京的41000多家餐饮企业中，平均每天有130多家餐馆开张，同时也有近百家转让或倒闭，竞争异常激烈，许多餐饮品牌只是昙花一现。机遇与风险并存，稳扎稳打还是大胆创新，成为北京餐饮企业必须要思考的问题。

庆丰包子铺的发展就是这场改革创新中的一个鲜活案例。20世纪90年代以后，庆丰包子铺逐渐被市场经济推向了用现代化元素改造传统餐饮的一个历史新阶段。到了2008年，庆丰包子铺正式进入工业化改革，在顺义区的李遂镇建设了第一个馅料加工工厂，那也是当时全国为数不多的中式水饺生产加工基地。为了实现"百店一味"，庆丰斥资5000多万元建设研发中心，这在当时对一家卖包子的企业来说，实在是一笔不小的投入，也昭示了庆丰包子铺把小包子做出大市场的雄心。匠人精神与工业思维融合，将严格的数据、指标贯穿到整个生产流程，餐饮企业就具备了规模化发展的硬核实力。从诞生之日起，庆丰包子铺便以亲切便民的姿态，招呼着"就好这口儿"的京城

百姓来尝"一口鲜儿"。京城各种类型的消费群体，不管是商人、白领，还是为社会服务的平凡的清洁工、环卫工，每一个人来到庆丰包子铺的时候，都不会有阶层感，只会单纯地在这里享受美食的味道，这就是庆丰包子铺和合包容的文化所在。

那些穿越百年时光、承载浓郁烟火味的北京小吃，在时间的熔炉里蒸腾着豪情，不忘初心。作为与民生关联最紧密的行业之一，餐饮业以其市场大、影响广、吸纳就业能力强的特点，一直备受政府与社会各界的关注。

新千年以来，"下馆子"的说法逐渐被"饭局"所取代，更形象地说明去餐厅吃饭已经从填饱肚子、解馋的需求，转变为人们联络感情的社交活动与生活场景。北京的餐饮业迎来了发展的"黄金时代"，酸辣甜咸，派系林立，百家争鸣。2009年，美国《福布斯》杂志评选全世界最受欢迎的美食城市，北京毫无悬念地入选世界十大美食之都。

2012年3月26日，《参考消息》有这样一则报道：30年间，中国人从食不果腹变成了为腰围见长发愁，糖尿病等"富贵病"急剧增加。科学膳食成为百姓津津乐道的话题，健康饮食的理念逐渐走进大众、深入人心，从吃饱、吃好到更安全、更营养、更健康，饮食观念悄然变化。贾飞跃在面对这样的变化时说："现在对健康的需求、对绿色的需求、对便捷的需求，另外还有现代社会对节约这种品德的要求，衍生出比如说分餐制，以及减少塑料餐具制品的使用等等，这些都在推进行业的发展，也是满足老百姓对美好生活需求的一个重要部分、重要措施。比如说光盘行动，其实这对餐饮行业本身也是一个推动。从这个角度来理解，我觉得这也是一个行业的进步，既是管理的进步，又是技术的进步，还是我们经营方式的一种进步。"

新时代，餐饮行业实现了向大众化消费的转型。2019年7月，迎来了毕业季，同时也是北京同和居于晓波最开心的日子，由他带领的

"鲁菜技艺传承班"的首批14名鲁菜厨师集体出师了,这是一场由现代传承模式培养的老字号厨师的特殊的毕业典礼。

同和居从2017年开始就建立了现代学徒的集体传承模式。从集体师父、集体徒弟传承班毕业的人,才有资格作为这个技艺的传承人。除了技艺之外,学徒还需要通过品德考核,并综合考察平时的表现以及群众的认可,最后从中确定传承人。这样的集体培养模式可以更好地把整个老字号的精神、职业道德和菜品文化、菜品技艺都传承下去,把最精华的东西保留住。

旧时王谢堂前燕,飞入寻常百姓家。昔日的宫廷御膳已成为北京味道、百姓佳肴,它们沉淀下北京深厚的文化底蕴与工匠精神,映照着北京这座城市的生命记忆,只要味道还在,流逝的时光依然能够唤醒。

北京的湘味老字号马凯餐厅,曾因市政规划修建地铁而被拆除。但是一直有老顾客惦记着被迫关店的马凯餐厅,老邻居、老街坊们总在打听什么时候能恢复营业。于是,从2007年起,北京华天饮食集团公司开始筹划重建马凯餐厅。在市、区政府部门的大力支持下,马凯餐厅恢复营业,重新面向顾客服务,被称为"马凯回家"。尽管时过境迁,回味依旧不变,2018年12月,老北京人最怀念的湘味,阔别15年的马凯餐厅终于回归地安门。

开业当天,老顾客们争先恐后地赶来。吕永杰回忆当时的情景说:"我的天哪,当时把我们都惊到了。有的顾客早晨7点多就来了,当时是12月28日,天还很冷,不能让他们在外边站着呀,就全都请进来。结果呼啦一下来了好多人,我们只能把门提前打开了,让顾客都进来。客人们聊啊,'我哪儿来的''我什么情况来的''我结婚就在这儿吃的,当时我们吃的什么菜,不知道现在还有没有了''拿个菜单我们先点点菜'等等,其实都是对过往甚至是他们儿时的回忆。"马凯餐厅将老菜品、老味道传承下去,为的就是让顾客还原过去的回忆。食客在品尝到某一种味道的时候，也是在回味过去的美好；在餐厅里尝到过去的滋味，也尝出了浓浓的乡情，回到了某个特定的年代和某个人在一起的时候，成长轨迹中的温暖瞬间也随之浮现。

自马凯餐厅试营业以来，一座难求，迅速成为京城的"网红餐厅"。2019年3月19日，66岁的中华老字号——马凯餐厅正式开门迎客，在保留镇店菜、特色菜的基础上，老师傅还"复活"了老马凯餐厅的"失传菜"。菜品的烹饪技艺不变、口味不变，但在选料、用工、盘式等方面有了新的组织样式。

马凯餐厅始终有大批拥趸，其中不乏一家四代"铁杆粉丝"的追随。许多人用钟情的一道美食来记住一条街道、一座城市、一段时光，有些味道最能勾起心底里那些最深沉的归属、最美丽的风景、最浓厚的乡愁。走得再远，味蕾永远连着家，让流逝的记忆活在食物中，马凯餐厅做的，就是重现属于北京的"地道湘味"。

截至2021年1月12日，我国共有餐饮相关企业960.8万家，2020年全年注册量达到236.4万家，同比增长25.5%。不得不提的是，2020年新冠肺炎疫情突如其来，餐饮业首当其冲。2020年2月，北京的87000多户餐饮企业，面对来势汹汹的疫情，依然有10000多家在坚持营业。疫情来临的时候，北京华天饮食集团已经建立起了大数据系统，基本可以掌握旗下各家品牌餐厅的运营状况，并通过推进数字化管理进行数据预测，提供远程点餐等服务。在疫情严重的时候，为了防止顾客聚集，预约系统、排队系统也迅速上线，通过提前预约、建立社群、送货上门等方式控制客流，为食客提供更贴心、安全的京味服务。

数据显示，在疫情的影响下，我国社会消费品零售额下滑最严重的就是餐饮业，最严峻的2020年1月、2月，餐饮行业总收入下降43.1%。许多餐饮企业不得不走出舒适区，以适应"后疫情时代"的消费环境。随着疫情得到控制，餐饮行业也逐渐回暖。据贾飞跃介

| 马凯餐厅 |

绍，北京华天饮食集团近几年的营业额依然保持在以每年两位数的速度增长，包括2020年的疫情期间，从3月份开始就实现了整体盈利，1月到10月的纳税额达到了1.13亿元。这样的成绩和华天集团的经营业态固然分不开，但更重要的是，在疫情最艰难的时候，华天的企业文化发挥了重要作用，有一种凝聚力将员工、品牌和京味紧紧凝聚在一起。华天的企业文化是不服输，而企业价值观中最重要的就是勇气，越遇到困难，华天人就越有勇气，所以大家干劲更足。保障北京市民的饮食，服务城市的正常有序运转，对于每年有1亿多人次前来消费的餐饮企业来说，意义格外重要。同春园、鸿宾楼、烤肉季、二友居、护国寺小吃……华天集团是北京拥有最多老字号的餐饮企业，它们不仅勾勒出北京城的美食图谱，也记录着京城百姓的生活味道。

2019年，我国餐饮业收入4.67万亿元，相较于1978年增长超过800倍。其中，中式快餐收入约占20%，很多人将2020年称为"中式快餐新元年"。快餐是为了适应当代快速的工作节奏和生活节奏而出现的餐饮新品类，但是人们的休闲需求仍不可忽视，这就需要快餐和正餐相辅相成，互相补充，二者缺一不可。于是，例如一些重口味、高刺激的辣味菜品、火锅烧烤，包括现在新兴的夜间消费，都契合了城市发展节奏的需求，拥有蓬勃的生命力。随着快餐成为刚需，餐饮业的竞争也发生重大变化。随着"90后""00后"作为消费主体的崛起，快餐不仅仅是果腹，还要兼具更多元素，颜值、沉浸式的互动性、体验感变得越来越重要，精细化、智能化、场景化，新的发展脉络愈加清晰。老味道中出新意、新菜式中循成规，是餐饮老字号经久不衰的取胜诀窍。

2020年4月8日，全球大型餐饮集团百胜通过其官网宣布，已经完成对北京黄记煌餐饮控股权的收购。6月，特色中式快餐乡村基斩获红杉资本中国基金数亿元人民币的投资，中式连锁快餐迎来了前所未有的高光时刻。面对餐饮行业巨大的发展前景，黄记煌创始人黄耕表示，很多人在2015年前后开始涉足餐饮领域，并被大家所熟悉，例如"叫个鸭子"的创始人曲博和"西少爷"的几个年轻的联合创始人等等。他认为应该有更多的群体加入餐饮领域，通过与这些年轻人的沟通，他发现这些带着年轻思维的当代青年在这个行业中起到了很好的鲶鱼效应。但是，由于这个行业独特的属性，年轻人更应该怀揣一颗敬畏之心，敬畏餐饮行业的历史传承，用企业的品质撑起长久的品牌。黄耕坦言："怎么才能去真正地做到百年老店，我觉得要去学习先进，要去看别人的百年老店是怎么做的，怎么去传承，怎么去随着时代的发展不断地做自我的调整。还有就是具备产业化经营基因的这些企业，要向更多的先进企业看齐，然后再不断地调整经营模式，夯实供应链，打下更好的基础，真正地从企业引领做到基业长青。"

在新一代快餐的冲击下，庆丰包子铺积极拥抱变化，发展成为遍布全国10多个省份、拥有350多家连锁店的大型餐饮企业。庆丰包子铺一路经营探索到今天，就是希望通过自身企业的发展以及工业化的摸索，能够给同行甚至所有餐饮从业者提供更多的经验和模板，在发展的过程中大家相互借鉴，共同把中国的饮食文化发扬光大。近些年来，我国综合国力的提升，特别是轻工业快速的发展，以及3D技术、数字化机床等科技创新产品的应用，为中餐的基础加工设备制造以及未来的行业发展都提供了非常好的基础。路大勇表示，当代餐饮人恰逢其时，赶上了崭新的历史发展阶段，非常幸运，同时又能跟随品牌一起成长，多了一份自豪，同时也多了一份自信。

中国有句古话叫"民以食为天"。北京一百年的城市变迁轨迹，也浓缩在北京人的饮食方式上。从吃不饱到吃多样、吃品质、吃体验，如今的北京，南菜北上、北货南下早已司空见惯，西餐与中餐并驾齐驱，传统风味和现代风潮竞相争艳。今天的北京味，是美食与文化共存的味道，是美食与世界共容的味道，是美食与时代共荣的味道。一方风味，万种风情，随着北京城市规模的扩张与人口的增长，

北京的餐饮业以更多样的姿态,散落在城市的每条街道,浸润着城市的每个角落,安顿着城市的每颗心灵。吃饭不仅是食物的聚合,也是"人情味"的呈现,情分就摆在美味佳肴里。生活因美食而丰盛,那些具有深厚人文气息又充满人间烟火的北京味道,早已融入了北京的城市性格中,北京味里,有历史也有乡愁,有态度也有气度,传达着北京的风貌与底蕴,展现着北京的包容与胸襟,呈现出一个时代的新风貌。

札记

小时候,北京是课本里的诗意与远方,白塔、后海、香山……勃勃盛夏和莽莽严冬,尽展北京的炙热与凛然。长大后来到北京,距离越近似乎越难以窥其全貌。生活在北京近二十年了,一草一木、一砖一瓦,雄浑、庄严、棱角分明,仅管中窥豹,便高山仰止,走进北京,却也难以真正融入这座城。

纪录片《旗帜》为我开启了一段奇妙旅程,我与同事们一起通过影像,纵贯一座城市的百年历史,丈量一座城市今日立世之威仪。我感受到的是一部横亘古今的厚重史诗,饱经风霜与苦难,充满奇迹与辉煌。通过《北京味》的创作,我看到北京伟岸、繁盛、华美的景致中,不乏闲适、野逸、趣韵,甚至街头一道平凡小吃里,也蕴含着北京人最朴素的韵味和生活智慧。林立的高楼大厦与北京的原生文化共生共荣,老味道依旧回荡在唇齿间,让生活在这里的人们可以回味那些久远的纯真年华和心底里最温暖的记忆。

张 欣

大 城 北 京 百 年 成 长 记

1921
—
2021

第十章

北京造车梦

历史的车轮穿越时空滚滚向前，20世纪七八十年代，北京随处可见的交通工具是自行车。80年代末，千万人口的北京已经有800万辆自行车穿行在大街小巷，尤其是上下班时间，浩浩荡荡的自行车大军成为京城的一大独特风景。从当年的『自行车王国』到如今全球最大的汽车生产消费市场，中国以超越人们想象的速度成为『汽车王国』。

1901年，风雨飘摇的大清国迎来了一个多事之秋，但紫禁城里仍然欢天喜地。为了庆贺慈禧太后67岁寿诞，北洋大臣袁世凯送上了一份别出心裁的礼物——生产于1898年的美国杜里埃轿车。慈禧见后感觉很是惊奇，说："这得吃多少草，才能跑这么快呀？"就是伴随着这样一个让人哭笑不得的问题，汽车第一次闯入了中国人的视野。在慈禧太后眼里，汽车只不过是来自西洋的奇技淫巧而已，几经把玩过后，便永久地封存起来。

历史的车轮穿越时空滚滚向前，20世纪七八十年代，北京随处可见的交通工具是自行车。80年代末，千万人口的北京已经有800万辆自行车穿行在大街小巷，尤其是上下班时间，浩浩荡荡的自行车大军成为京城的一大独特风景。从当年的"自行车王国"到如今全球最大的汽车生产消费市场，中国以超越人们想象的速度成为"汽车王国"。据中国汽车工业协会统计，2020年我国汽车市场全年销量达到2531.1万辆，连续12年蝉联全球第一。今天的北京，大街上川流不息的车辆长龙是再普通不过的景致。汽车作为重要的代步工具走进了寻常百姓家。随着发动机的轰鸣，轮子快速转动，人们手握方向盘，自信地驶往自我主导的目的地……一条条宽阔的街道，不仅承载着一辆辆欢快的汽车，更叠印出一代代中国人逐梦造车的艰辛足迹。

1886年1月29日，德国人卡尔·本茨发明了世界上第一辆三轮汽车并获得专利，这一天被人们称为汽车诞生日。而诞生在中国的第一辆国产汽车，则与张学良这位颇具争议的人物密切相关。1930年，中

第十章 北京造车梦

国汽车保有量为38484辆，其中竟没有一辆国产汽车。1931年5月，在张学良的支持下，中国第一辆自主生产的"民生"牌6缸水冷载货汽车在辽宁迫击炮厂下线。然而没过多久，"九一八"事变爆发，辽宁迫击炮厂连同正在制造的"民生"牌汽车遭到致命打击，全部落入日军之手。就这样，中国汽车工业的发展夭折了。

新中国成立伊始，祖国大地百废待兴，党和政府意识到发展现代工业是当务之急，汽车工业更是重中之重。1950年，毛泽东主席访问苏联期间，中苏双方商定，由苏联援助中国建设第一个载重汽车厂。1953年，第一汽车制造厂在长春破土动工。经过中苏双方的共同努力，1956年7月14日，被毛主席命名为"解放"牌的第一批12辆卡车在第一汽车制造厂下线，结束了"中国造不出汽车"的历史。汽车从无到有，是新中国的第一代汽车人点燃了中国造车的雄心，他们在最美好的青春年华，怀揣着理想与希望，付出青春与热血，一同编织着汽车强国梦。

在北京汽车研发基地一层的历史文化展厅中，一辆白色小汽车格外引人注目，它就是60年前第一代北京汽车人用双手敲打出来的北京汽车工业历史上第一辆汽车——"井冈山"牌汽车。1953年，为了支援第一汽车制造厂和第一拖拉机制造厂的建设，中华人民共和国第一机械工业部批准在北京建设第一汽车附件厂，专门从事汽车零部件制造。1958年，北京市委、市政府从加快新中国交通发展需要出发，决定在第一汽车附件厂内试制汽车整车。然而，对于当时毫无设计经验，甚至没有一张成形图纸的附件厂来说，还远不具备生产整车的能力，其难度可想而知。"井冈山"牌小轿车的试制是一场真正的群众运动，广大干部职工争先恐后地加入试制工作的行列。最紧张的时候，许多职工都从家里搬来被褥，累了就干脆搭块木板打个盹，昼夜奋战。

1958年6月20日，第一辆"井冈山"牌汽车诞生了。下线当天，

| "民生"牌汽车 |

| "解放"牌汽车 |

第十章　北京造车梦

干部职工们的脸上堆满了喜悦，怀揣着无比兴奋的心情，把车开进了中南海，接受党和国家领导人的检阅。这一天，也成为第一代北京汽车人最自豪的日子。北京有造车的实力吗？"井冈山"牌汽车的问世回答了这个问题，结束了北京只能生产零部件，不能生产整车的历史。一辆车，创造了属于那个时代的传奇故事，也开创了北京汽车工业的未来。在落后欧美国家数十年后，北京为了中国人的汽车梦，群策群力，奋起直追。

1958年7月27日，北京汽车制造厂正式挂牌成立，从这一刻起，北京汽车工业发展的时代大幕徐徐开启。1961年1月，北京汽车制造厂接受了一项特殊任务：研制军事指挥用轻型越野车。这是一项重大而光荣的任务。面对重重困难，北汽人自力更生的意志和能力被激发出来。1966年5月，一款草绿色的越野车投入生产并正式装备部队。这就是后来风靡多年的"北京212"轻型指挥车。对此，北汽越野车有限公司党委书记、总经理王璋感慨道："我们老一辈的技术人员，很多我都认识，因为我刚工作的时候，他们还都在工作岗位上。在那种艰难困苦的条件下把这个车开发出来，我很佩服他们。而且从1966年开始一直到现在，这个车其实还有生产，这样一个百万级的车型，在世界汽车史上也是可以叫得响的一个产品。"

1975年，国家首次启动珠穆朗玛峰高程测量，"北京212"应用于这项任务中。由于当时我国的道路状况普遍较差，"北京212"出色的越野能力同样适合民用。在相当长的一段时期里，开着这款草绿色吉普车驰骋在街头，是很酷的事情。中国人民解放军建军90周年，"北京212"再次作为检阅车参与大阅兵。王璋说："我们也特别自豪地说'荣耀时刻，总有北京'，因为我们的品牌是北京的。到80年代之后，（家庭）就可以买车了，那时候我们国家车少，路又特别差。'212'正好符合人们的需求，所以那时候个人买车的情况就多起来了。'212'那时候一年可以卖到5万台，而且还培育了中国最早的一

| "井冈山"牌汽车 |

| "北京212"轻型指挥车 |

批越野爱好者。"2020年5月,在海拔5200米的珠峰大本营,北京越野向自然资源部第一大地测量队交付了一批用于野外勘测作业的"北京212"升级版"北京80"。一辆越野车,成为一代人的集体记忆,也最能撩动人们的情感与思绪。

新中国成立后,我国建立了公务车使用制度,汽车作为生产资料由国家统一分配。1978年,中国汽车工业年产量为136万辆,而美、日等发达经济体年产量在1000万辆以上,"弱小"与"简陋"成为那个年代中国汽车工业的代名词。那一时期,全国轿车1000人保有量不足0.5辆,在全球有统计的130个国家和地区中排名最后。1982年6月,邓小平批示"轿车可以合资",为中国轿车生产开了绿灯。为提升国内的汽车生产技术,中国政府决心引进国外的资金和先进技术,开始了对外合资的尝试。王璋介绍说:"我们主要是学习生产、质量控制。但那时候我们其实对全球的水平也没有那么深切的了解,一起做的时候才有了这样的了解。确确实实是既开阔了视野,同时也增强了信心,因为大家思考的问题差不多,但是我们再往下做的方法论少。到后来这么多年,包括产品开发这些我们慢慢地都在学。"

合资,是当时我国汽车工业提升技术水平、制造能力和打开更大发展空间最有效的选择。1983年,我国第一个中外合资车企,由北京汽车制造厂和美国汽车公司合资经营的北京吉普汽车有限公司正式成立。同年4月,第一辆上海桑塔纳轿车在上海汽车厂组装成功,中国汽车工业迈出了与国际接轨的重要一步。1985年,在党的十二届四中全会关于第六个五年计划的建议中,汽车作为国民经济的"支柱产业"被写进决议。自20世纪80年代开始,汽车逐渐走进普通家庭,拥有"私家车车主"这一身份标签的人成为时代风潮的引领者。在北京的大街小巷中,常常出现这样的场面:伴随着骤然响起的劈里啪啦的鞭炮声,街坊四邻从窗户齐刷刷地探出头,纷纷投射出羡慕的目光。这是许多中国人第一次看到私家车的记忆。

2001年11月，中国加入世界贸易组织。同年，吉利汽车成为中国首家获得轿车生产资格的民营企业。面对来势汹汹的外资车企，"狼来了"一词频现报端。高关税的不复存在让实力孱弱的中国汽车行业完全暴露在外资的虎视眈眈之下，在激烈的市场竞争中，中国的汽车厂商们有了明显的"痛感"。

面对国际汽车巨头咄咄逼人的气势，北京汽车人了选择"与狼共舞"。就在此时，迎来了一个难得机遇——与韩国现代合作。北京现代汽车有限公司杨镇工厂原党委书记、厂长宋顺生回忆那段岁月时说："我记得是2002年的9月29日，我们启程去韩国现代。当时'十一'肯定要在韩国度过，我们感觉到自己身上的压力很大，因为经过40多年来几代汽车人的努力都没有实现的轿车梦即将要在我们的手上去实现，当然压力大。我们作为第一团要熟悉索纳塔的装配技术，二十几个人学习，每个人要学习几十个甚至上百个人的装配任务，难度是非常大的，工作量也非常大。当时正好赶上'十一'，我们就带着一面国旗来激励大家，在国旗下宣誓。有祖国做我们的强力的后盾，有北京市委、市政府的支持，我们的信心十足。大家每天工作十几个小时，白天工作，晚上整理笔记，条件比较差，我们整理笔记就趴在地上，趴在地上去写、去整理。"

2002年12月23日，第一辆北京现代索纳塔轿车正式下线。从工厂改造到新车下线，世界汽车史记载的平均时间是23个月；作为中国加入世界贸易组织后批准的第一个汽车生产领域合资项目，北京现代仅用了6个月，实现当年签约、当年开业、当年投产。对此，宋顺生不无感慨地说："那确确实实是沸腾了，每个人的心都沸腾了。激动啊，那一下线，那掌声啊，雷动、持久，很多人都掉下了眼泪。特别是那些更老一点的员工，因为在这个岗位上工作了十几年、几十年没实现的梦想，他们赶上了，自豪感、荣誉感那是跟别人不一样的。但是我们也有很多年轻的员工，他们虽然刚刚加入北京汽车，但是看

| 北京现代索纳塔轿车 |

到老同志们的那种表情,也非常感动。"北京汽车人的背后是党组织的支持,特别是在遇到困难时,党员往往有攻坚克难、勇挑重担的担当,有逢山开路、遇水架桥的气魄。目前,北汽集团的12万职工中,有1.9万名党员,基层党组织有1100个。为了使各项计划得到很好的实施,北汽集团不断强化基层组织的执行力,并推动基层党员发挥先锋模范作用。

"现代速度"震惊了业界。"入世"以来,弱小的中国汽车产业不仅没有被冲垮,反而迎来了空前的发展契机,市场整体向前的步伐加快。2003年9月8日,北汽与戴姆勒公司签署战略合作框架协议。奔驰,这个享誉世界的百年品牌落户北京,并创造了多项"第一":奔驰第一次在德国本土以外以合资模式建厂,第一次实行一定比例的零部件中国国产化,也是第一次使合资企业拥有独立销售权。据北京奔驰汽车有限公司党委书记、高级执行副总裁陈巍介绍,北京奔驰在刚开始生产的时候,员工只有3000人,到现在已经有了13000人。通过这几年不断的发展,北京奔驰吸引和培养了一大批人才,并且带动了整个上下游的产业,包括上游的零部件国产化以及下游的整车运输、销售。可以说,北京奔驰为整个汽车供应链引进了先进的理念和管理经验。在过去,老百姓管奔驰牌轿车叫"大奔",心里都认为这个车高高在上。20年前,人们去4S店买一辆奔驰车不是一件容易的事情,但如今,奔驰已经走进了寻常百姓家。

新世纪伊始,我国整车生产企业数量已经超过100家,汽车产业的竞争愈演愈烈。中国政府在颁布的《汽车产业发展政策》中,明确提出国家鼓励汽车企业集团化发展,形成新的竞争格局,支持现有发展较成熟的优势汽车企业,通过多种形式的兼并、联合和重组,打造几家"航母"型汽车工业大集团,以增强我国汽车工业的竞争力。2007年,北汽集团首次战略研讨会举行,提出"走集团化发展道路、实现跨越式发展"的战略构想。2009年,中国汽车市场迎来"井喷",

| 北京奔驰 |

全年汽车总产量达到1379.1万辆,超越美国成为世界最大的汽车制造国和最大的汽车市场。

2011年12月,一个重磅消息传来,北汽完成了对瑞典SAAB(萨博)汽车公司的收购。对此,北京汽车研究总院有限公司党委委员、副院长兼整车性能中心主任刘明表示:"对于北汽的历程来说,有几个比较重要的标志性事件,支持我们形成如今的规模和水平。我觉得第一个就是站在萨博的肩膀上,对比其他的一些以逆向超车为起点的企业来说,我们至少比它们少花10年的工夫。第二个,在我们研发的过程中,有很多的外部合作,比如说北京奔驰就给了我们很大的帮助。第三个,供应商本身对我们形成自主的核心技术能力,也有很大的帮助。另外,我觉得我们要打造国际化的研发体系,北汽在海外,比如说在德国、美国,也有布局我们自己的海外研发机构,这些都是对我们掌握核心技术,打造正向开发能力,未来向智能化、电动化转型的重要支撑。"

由量向质的转变成为中国汽车工业发展的新命题。由量向质的转变,关键是实现自主创新,打造自主品牌。没有技术创新的能力,没有自主品牌的强大,就没有民族汽车工业的真正崛起。商用车一向被看作国民经济发展的晴雨表,在互联网、制造业、物流业的联动下,拥有自主技术、自主品牌的福田汽车迎来了前所未有的发展机遇。2021年4月2日,福田欧曼二工厂的第1000万辆欧曼银河重卡下线,北汽福田用了25年时间,成为我国首个销量突破千万的商用车企业,也是全球突破"千万级"用时最短的商用车企业。北汽福田汽车股份有限公司党委副书记、工会主席吴海山表示:"中国经济发展得好,物流总量就大,物流总量大就要靠重卡,因为重卡负责长途高效的物流。随着GDP的高速发展,人均GDP的提高,人们对这种车辆的要求,特别是对重型化车辆和高效长途物流的需求是在加大的。所以我们正是抓住这个中国经济发展的机遇,在2002年就投入重卡,

2010年以后升级高端重卡,应该说我们享受了国家改革开放和社会经济高速发展的红利。"

商用车市场容量比不上乘用车,且山头分明、强手环伺,"百家法人"的福田汽车,自成立以来就带着勇于创新的基因,从激烈的市场竞争中杀出重围。这是一场从产品到品牌、从科技到服务的全方位竞争,而坚持用户为中心的理念,是取得成功的关键所在。每个季节,福田的技术人员都会定期与卡车司机共同进行一场特殊的"旅行"。据北汽福田汽车股份有限公司常务副总经理武锡斌介绍,技术人员会与司机们一道,了解他们装车的过程,然后重点询问客户的关切。长途物流往往都要跑上千公里,座椅的人机工程好不好,坐着累不累,坐垫舒服不舒服,靠背舒服不舒服,什么样的角度是最舒服的,如果可以把这些关切体现在产品上,那会给司机一个惊喜。技术人员首先关注司机,其次关注车辆的行驶工况,比如说路线、坡度、行驶的速度、配货的重量等。这样一来,技术人员可以通过对车辆和动力系统的调校使车子达到特定工况下最省油、最宜人的状态。

在汽车行业的发展进程中,节能环保是大势所趋。进入新时代,我国的汽车工业在电动化、智能化领域迅猛发展,自主品牌汽车将面临前所未有的机遇与挑战。通过电动化浪潮实现"换道超车",汽车对当下的人们而言,已不再是单纯的代步工具,而是多重科技武装下的移动智能终端。面对这样的挑战,汽车生产领域不同环节的工作人员都在积极适应。北京汽车研究总院有限公司党委委员、副院长兼造型中心主任单伟坦言:"从我们设计者的角度出发,怎样去适应在智能网联赋能电动化这种背景下的车型设计,就不是简单的造型问题了。我们更应该从设计的角度,以人为中心,思考我们到底能为客户提供些什么,而不仅仅是简单的所谓的造型。我们要以人为中心,结合人在驾驶过程中不同场景下的视觉要求,基于这个出发点去设计汽车。这跟原来我们单纯地做造型是完全不一样的。"

| 福田重卡 |

第十章　北京造车梦

2008年，美国特斯拉公司生产的第一辆电动车横空出世，引起了业界与粉丝的追捧。2011年，北汽新能源第一辆纯电动车正式下线。2019年，北汽新能源共销售纯电动汽车15万辆，连续7年保持国内纯电动汽车销量第一。随着补贴退坡和政策收紧，传统车企与造车新势力展开了一场新的较量，北汽也迎来重大考验。对此，北京汽车研究总院有限公司党委委员、副院长兼整车架构中心主任杨子发表示，当前的汽车技术与其他领域技术深度融合，汽车产业的每一个节点都与能源、交通、信息化息息相关，相互交织，形成了网状的生态。所以北汽决定与相关的领域深度地开展合作，并以此为基础，在2018年推出了"达尔文系统"。"达尔文系统"的灵感来自进化论，北汽深知汽车产业的技术也是需要进化的，"物竞天择，适者生存"，北汽的技术只有这样才有竞争力。

电动化与智能化的双重特征，让人们不得不重新思考什么是"汽车"。新的商业逻辑创造新的机会，传统车企积极转型，造车新势力、科技互联网企业加速入局。2018年3月，由北汽发起共建的首个国家级新能源汽车技术创新中心在中国蓝谷揭牌，成为世界级新能源汽车技术创新高地，是科技部和北京市赋予"国创中心"的使命，也是北京造车人的梦想和目标。

现任北京新能源汽车股份有限公司党委副书记、董事、总经理的代康伟，是一位"80后"北漂女生。让代康伟打开汽车梦想大门的，是她做过汽车兵的父亲的一句话。她的父亲曾说："我跟汽车打了一辈子的交道，但是很少有国产汽车，你去造国产汽车吧。"于是，代康伟报考了合肥工业大学的汽车专业，这也是一个有传统积淀、实力雄厚的专业。懵懵懂懂的代康伟，走到了工作岗位上，才真正地理解了自主品牌和汽车强国对这个行业以及这个国家的意义。2008年，研究生刚一毕业的代康伟就加入了北汽福田新能源电动汽车的开发项目中。当时，我国新能源汽车领域一片空白，整个技术中心加上代康伟就只有6个人，相关资料也寥寥无几。她和同事们只能摸着石头过河，一点一滴地摸索尝试。

2013年，代康伟加入北汽新能源，专注于对纯电动乘用车的研发。新能源汽车开发，核心是"三电"技术。代康伟深知，中国新能源汽车要在世界舞台上与国际车企竞争，核心技术一定要实现领先升级，并达到在产品上的规模化应用。她开始把更广阔的视野放在"三电"技术开发上，将持续保持电控系统的领先优势，实现电池、电驱核心技术的突破作为自己和团队的攻关方向。为了模拟最真实的驾驶环境，在正式销售之前，代康伟和同事们主动当起试车"小白鼠"，一跑就是一年多。代康伟在回忆攻关过程时说："那时候我刚开了两个月，在京沪高速上，我记得那天晚上下暴雨，我自己的心理历程到现在都非常清晰。暴雨已经下到所有车子的雨刮都已经没有办法把前面刮清楚了，积水非常深。所有的车都打着双闪，又是晚上，慢慢地10公里、20公里这样趴着走。我当时就在想我们这个车，而且是一个研发的样车，密封性到底怎么样，防护能不能过关？因为毕竟车上有个300多伏的高压，安全性怎么样？后来雨停了，我开回家，我们的车辆没有报任何的故障。那件事情之后，我就跟公司领导申请，我们要去定义最严格的标准，到第三方中汽研，把最严格的技术做出来。"2017年6月，代康伟和团队成功将功能安全标准导入三电控制器产品开发，并于2017年获得德国TUV颁发的国际顶级安全认证。这也意味着，北汽新能源成为我国首家同时获得"三电"功能安全ASIL C等级产品认证的电动汽车企业。从项目启动到跻身最高安全等级，代康伟和团队仅用了两年半的时间就啃完了一般体系和产品开发需要五年时间完成的硬骨头。

江山留胜迹，我辈复登临。在我国政府与车企的共同努力下，2021年工信部的数据显示：我国新能源汽车产销量已经连续6年蝉联世界第一，累计销售550万辆。2021年4月，北京市智能网联汽车政

| 代康伟和她的团队 |

策先行区正式公布。北京地区选取6条共143公里的高速路，逐步开放自动驾驶测试。面对瞬息万变的新时代，汽车业迎来百年大变局，体制机制的变革、管理模式的创新、产品技术的更迭，一刻也不能停。北汽集团明确了"高、新、特"的发展方向，推动技术、产品、品牌全面发展。2021年4月17日，北汽新能源联合华为发布了首款智能豪华纯电轿车。汽车与科技巨头的强强联手，让人们对未来的出行方式充满更多的期待与想象。

在万物互联的时代，汽车正在被全面解构，催生出了丰富而复杂的汽车使用场景。5G、互联网在车端的普及，以及自动驾驶对人的释放，将使车内变成丰富多彩的娱乐、社交、办公空间。而汽车产品的核心使命始终是为人们提供安全、舒适、便捷的移动出行体验。抓住了这个本质，就抓住了汽车企业高质量发展的关键。北京汽车集团有限公司党委书记、董事长姜德义表示，北汽是在党的坚强领导下成长起来的企业，正因为始终坚持党的领导，北汽在60多年的发展历程中，才能一次又一次地把握时代机遇，一次又一次地战胜各种挑战，成为中国汽车产业的骨干力量。"十四五"对于北汽来讲是至关重要的五年，北汽党委将聚焦主业，做强自主，带领全体北汽人在高质量发展的道路上大步迈进。

历史的车轮呼啸而过，中国人为了实现一场百年追赶，付出了十倍百倍的努力。站在新的历史节点上回望，新中国汽车大国的梦想一度是那么遥不可及，北京的造车梦里，满是艰辛与汗水。一个国家为什么对于汽车工业如此执着？因为汽车业具有漫长的产业链：从金属原材料加工制造到整车组装、销售运输，并涉及精密仪器、高端机床等的制造。时至今日，中国汽车产业链每年产值过万亿，已经成为国民经济的支柱产业之一，而中国汽车工业的变迁正是中国走向繁荣富强的一个缩影。

世界大国之崛起，无一不起步于工业，经略于工业，"车轮上的

| 智能豪华纯电轿车 |

王国"不仅是对一个国家的描述,更是对工业体系和国民经济的实力肯定。从最初的一穷二白、以市场换技术,到如今的自主创新;从奋力追赶到与世界并行直至超越,北京汽车工业收获的不仅是荣耀,更是发展中国大工业的雄心。脚下的路在延伸,直通未来;路上的车在飞驰,奔向明天。

札 记

参与《造车梦》的创作,让这个既熟悉又陌生的北京,在我的心头漾起涟漪,也生发出新的感受。

汽车工业是一个国家整体工业水平的体现,汽车生产大国往往都是工业强国。从曾经的"自行车王国",到今天的"汽车王国",从一穷二白手工敲打,到今天的比肩国际,映照着中国一代代汽车人的强国梦,也展露出一座城市不断进取的勃勃雄心。

当下,汽车行业迎来百年大变局,传统车企加速转型,新造车势力持续加码,跨界力量不断涌入。群雄逐鹿的时代,唯有高瞻远瞩、抓住先机的企业,才能在市场竞争中获得更大的优势。北京汽车业的未来值得更多期待和想象。

张 欣

大 城 北 京 百 年 成 长 记

1921
—
2021

第十一章 温暖一座城

天不言而四时行,地不语而百物生。在社会发展的历史长河中,人类对环境的影响和对能源的依赖不断面临着新的挑战。从远古的钻木取火到今天的新能源,不同的时代又赋予了它们与时俱进的崭新意义。

天不言而四时行,地不语而百物生。在社会发展的历史长河中,人类对环境的影响和对能源的依赖不断面临着新的挑战。从远古的钻木取火到今天的新能源,不同的时代又赋予了它们与时俱进的崭新意义。

京西之山,统称西山。山中有"烧不尽的西山煤",丰富的煤炭资源,源源不断地供给着这个平原上的城市——北京。京西古道,悠悠驼铃,连绵不绝的驼队在石道上刻出一条条深深的印痕。九门走九车,相传当年阜成门楼镶有一块刻有梅花图案的汉白玉石,曾借"梅"与"煤"谐音,以此表明阜成门是运煤进京的唯一城门。今天,我们已经寻觅不到梅花的踪迹,但依然可以看到煤炭给这座城市留下的印记。

让我们一起回到20世纪五六十年代。那时,蜂窝煤曾一度成为城市民用的主要燃料,首都北京也不例外。在胡同里,每个冬日的清晨都是从烟雾缭绕开始的。在华北平原这片古老的土地上,每年都会有长达四个月的冰冻期,火不仅为生存在这里的人们提供了热熟的食物,也伴随着他们度过了一个又一个苦寒冬夜。

在北京北燃实业集团有限公司党委书记、董事长李晓的回忆中,小的时候,家家户户都要烧煤。尤其到了冬季取暖的时候,晚上必须要烧煤球炉子。后来发展成烧蜂窝煤,烧起来以后屋子里乌烟瘴气、烟雾缭绕,刺鼻的气味儿给李晓留下了很深的印象。

在没有暖气的年代,煤炉子成为北京百姓家里的重要成员,笼火

| 煤炉子 |

做饭、烧水沏茶、洗澡取暖,样样少不了它。一块块黝黑发亮的煤,陪伴着人们度过了一个个数九寒天,也记录了一段段生活场景:蹬着板车走街串巷的送煤工,当街展示摇煤球的绝活,墙角码放整齐的蜂窝煤,高耸烟囱喷吐的浓密黑云……搪炉子、装烟囱、安风斗,这些活动都是四九城百姓入冬前必备的"仪式"。尽管这暖烘烘的煤炉成为人们冬日里的"小确幸",但一氧化碳中毒、环境污染等问题,也时常让人们感到伤痛和无奈。

1957年,北京市制定了一项新的煤气规划,至此,首都能源消费结构变革的大幕徐徐展开。实际上早在1952年,我国制定第一个五年计划的时候,就已经提出要编制北京市的煤气规划。到了1957年,北京市的煤气供应规划草案编制完成,成为一个标志性的事件,北京市的煤气建设和供应被提上日程。

1957年,北京第一热电厂开始建设。1958年4月,集中供热的第一条蒸汽管道光华线破土动工;8月,北京市煤气热力公司应运而生。同年,古城地区18栋楼522户居民第一次用上了人工煤气。1959年,作为国庆工程的配套项目,北京炼焦化学厂一期工程开始建设。

这些项目在筹建初期,各个方面的条件都极为艰苦。当时户内的施工完全依靠工人们手工套丝、捶打,外线施工也是靠人工来挖沟、除锈、防腐和下管,不论工地远近,所有管材的输送都要依靠人拉肩扛的方式。有的时候,推车的运管工人一天要走上十几公里,由于当时交通严重不便,稍远一些的工程施工人员,只能风餐露宿,吃住都在工地。有的工人为了确保工程的进度,一个多月才回家一次。特别是在数九寒冬的时候,他们只能依靠烧一些树枝来取暖。

1959年冬,北京城终于迎来了一个采暖历史的新节点。经过8个多月的日夜奋战,1号焦炉终于在11月18日一次性建成投产,北京炼焦化学厂成为北京市第一个人工煤气的稳定气源。1960年1月25日,

| 北京市煤气热力公司技术训练班第一期第一队学员结业纪念合影 |

| 古城站管片图 |

煤气送到了位于天安门广场的中国历史博物馆。这是北京市内的第一个煤气用户，北京没有城市煤气的历史宣告结束。

1964年春，周恩来总理出访亚非14国，深受启发，归国后指示国家科委，要大力发展中国的油气资源综合利用事业。1964年，北京开始了民用液化石油气的研制工作。北京液化石油气公司首任总工程师叶秀芬介绍说，当时，液化气在北京、在全国范围内都是首例，没有东西可以参考，只能完全参照石油系统，建罐的材质也是石油部给的，瓶子则是从日本进口的。后来，国家成立了煤气用具厂，用来生产北京市的煤气钢瓶。就这样，液化气开始在北京逐步发展。

北京是我国液化气起步最早的城市。据说，当时的设计人员想到了一个办法，到国家体委借来了我国登山运动员50年代攀登珠峰时曾使用过的钢瓶和减压器等设备进行研制。后来，又在位于西城区六铺炕地区的石油部宿舍，选择了8户居民进行液化气的使用试验。1965年底，西郊灌瓶站建成，这是中国第一个供应民用液化气的灌瓶站，同时也拉开了新中国液化石油气供应事业的大幕。

当时，西郊罐瓶厂的储存能力为100吨，年供应能力大约为2000吨。同时，为确保作为试点的北京市的正常供应，又采购了5000套液化气的灶具配件，并从国外进口了7000个钢瓶，为下一步的推广做好了充分的准备。

在进行液化气民间推广的过程中，也经历了不小的风波。对于当时的北京居民来说，液化气是个全新的事物。液化气设备安装好以后，有很多不理解的居民又把它拆下来扔到院子里。为了打消居民普遍存在的恐惧心理，首都液化石油气工作者走街串巷，介绍液化石油气的常识和设备安全高效的性能，加上先行者的示范效应和居民的试用，大家才逐渐接受液化气作为炊事用品。

液化气的第一批用户代表谷美英回忆道："街坊开始用液化气的

| 西郊灌瓶站 |

| 待喷漆钢瓶 |

时候，烧水比我们用炉子烧快多了。就这么着，我们说也试试。但拿了又不敢用，搁外头也害怕，怕爆炸，心里老是揪着。后来用了用觉得还行，特别方便，挺高兴的。"

液化石油气以其干净、灵活、快捷的优势在北京乃至全国迅速推广使用。由于当时气源紧张，罐装液化石油气长期凭本凭票定量供应，一时间"煤气罐"一罐难求，成了家家户户的宝贝疙瘩。"刚参加工作的时候，咱们的液化气叫'煤气罐'，都当个宝贝，用户也说一个'煤气罐'能顶半个保姆。"燃气行业老职工范进卯在提起当年的情景时语气中仍有一丝兴奋和骄傲。

北京焦化厂产气具有均衡的特性，而北京的城市用气，冬夏相差很大。20世纪六七十年代，每到冬季北京因供气不足，时常会出现为保民用暂停工业生产的现象。为了减少工业损失，从1971年开始，以燃煤制成煤气的751厂和首钢煤气净化厂先后投产运行。

进入20世纪80年代，我国人口迁移与流动格外活跃，北京作为我国的首都，已经吸纳承载了近千万人口。随着城市的快速膨胀与人民生活质量的提高，北京的煤气用量达到新的高峰，气源紧缺的矛盾再次显现。1983年8月，北京市开始着手引进华北天然气的筹建工作。当时，离北京最近的是华北油田，中国城市燃气协会原理事长、北京市公用局原局长周昌熙陪同当时的市长、副市长一起去考察，希望能开一个口子，给北京输送一点天然气。一天10万立方米的供应量，虽然跟现在相比不值一提，但在当时来说，从华北油田送到北京以后再送到北郊、北大等地，干线至少也要35公里，工程量巨大。

1985年10月，自华北油田永清集气站通向北京东郊门站的第一条近70公里的天然气长输管线建成。1987年，北京市内第一条天然气高压干线投入运行。率先用上天然气的北大中关园地区的1032户居民，第一次看到灶台上跳动的蓝色火焰，感到异常兴奋。

| 煤气罐 |

第十一章　温暖一座城

李志勇就是最早一批用上天然气的居民之一。他回忆道："来个客人，我们做饭再也不用为火着急了。两个火眼儿，点完了以后，那个心情啊，特别特别高兴。""看到那个燃气燃烧，实现了我一生的梦想。"北京市燃气集团有限责任公司昌平公司综合管理三所安全技术组组长王宝文也坦言，"因为这种清洁能源北京市也是第一次使用，跟大家平时使用的燃具的火焰是不一样的，在场的领导、用户、包括咱们辛勤工作的施工人员，还有通气的燃气职工，当时都是非常兴奋。"

改革开放的春风吹遍神州大地，20世纪80年代北京气源结构逐渐进入了人工煤气、液化石油气、天然气"三气并举"的多元模式。随着楼房一幢幢拔地而起，城区煤铺繁忙喧嚣的景象不再，集中供热事业迅猛发展，栖楼而居的老百姓陆续通了暖气、用上了天然气，暖水瓶、暖水袋等各式新装备也粉墨登场、各显神通。

柴、米、油、盐、酱、醋、茶，柴字当头，能源为首，充分表明它在老百姓日常生活中的特殊地位。回望20世纪50年代到改革开放前北京城的能源革新，每一次的变化都表明了这样一个事实：能源推动着城市的发展，改变着百姓的生活，而背后最大的推手，就是党和政府。

随着长输管线和城市管网的逐步建成和日益完善，天然气后来居上，逐步成为北京市的主要能源。1997年10月，我国最大的输气管线工程——陕甘宁天然气输气管线如同一条巨龙从陕西省靖边县腾起，穿山跨河，途经陕西、山西、河北，行程860公里，历时11个月，终于在金秋时节降临北京，被北京人誉为"福气"，彻底改变了首都气源长期不足的局面。

陕甘宁天然气进京以后，北京开始了大规模发展天然气的历程。天然气的发展从小到大，从替代小型锅炉到替代茶炉大灶，再到替代电厂，规模逐渐从小用户过渡到大用户。从地域范围来看，从中心区

开始替代,比如长安街沿线,包括使馆区、东三环附近,从条件比较好的区域开始替代,再逐步向外拓展。

　　经济持续高速增长、百姓收入日益丰实,对良好的空气环境也有了更高的要求与期待。北京市燃气集团有限责任公司党委书记、董事长李雅兰说,北京市的天然气发展得益于市委、市政府旗帜鲜明地发展清洁能源。2001年,北京申奥成功的消息传来,整个北京城瞬间沸腾,中华世纪坛欢声雷动,天安门广场人潮如海。北京奥运会的成功申办与"绿色奥运"理念的提出,为北京发展清洁能源与推动环境保护带来了巨大红利。为了承办好2008年北京奥运会,北京市政府下决心改变以煤为主的能源结构,建立优质能源供应体系,以实现社会和经济的可持续发展,为"绿色奥运"打下基础。首都能源变革的"窗口期"开启了。

　　奥运会之前,市政府要求北京市市场上的人工煤气停止使用,大量使用天然气。因为人工煤气是由燃煤产生的管道气,所以还是有一定的污染。在这个过程中,需要把人工煤气用户转化为天然气用户。但是,当时许多居民都已经用上了人工煤气,灶是适用人工煤气的,管网也是适用人工煤气的,阀门、设备设施全都是根据人工煤气的特点配备的。如果要换成天然气的话,北京市燃气单位需要对每一家每一户都进行检查,然后对居民的灶具进行逐一改造。在这个过程当中,北京市燃气单位将上百万个用户的人工煤气置换成天然气,最多的一年置换了30多万户,这样的数量在燃气推广历史上都是一个高峰。

　　2006年7月15日,时任北京焦化厂厂长的张希文缓步走上一号炼焦炉推焦台。随着张希文缓缓推动推焦杆,运营47年的北京焦化厂停产工作正式启动,北京焦化厂退出首都重要化工企业序列,北京结束了近50年使用人工煤气的历史。自焦化厂投产以来,6座大型焦炉共为北京输送商品煤气148亿立方米,替代燃煤2000多万吨,从根本上改变了北京市的燃料结构，成为国内最大的商品焦炭供应和出口基地。曾有人算过这样一笔账：20世纪六七十年代，北京市每100元的产值里，就有1元是由北京焦化厂创造的。当年，北京焦化厂为环保需要而建；此刻，它因更高的环保标准而停。这一建一停，见证与记录了北京煤炭工业的峥嵘岁月。

北京焦化厂为奥运会的举办做出了巨大的贡献和巨大的牺牲。随着焦化厂的停产，北京北燃实业集团有限公司对整个焦化厂的定位也随之而改变，开始以现代服务业作为焦化厂现有的业务布局。北燃实业利用当年停产时北京市政府对焦化厂提供的政策支持，在焦化厂原厂址的南侧开办自持物业，用物业管理来不断地反哺原来焦化厂的老职工。

截至2006年底，北京市燃气管线总长达到7471公里，城市居民炊事气化率已超过96%，天然气使用量居各大城市之首，成为全国第一个实现燃气管网天然气化的大型城市。

2017年，清洁空气行动计划的收官之年，北京迎来"煤改气"任务最重的一年，工程量为前几年平均量的5倍以上，打响了保卫首都蓝天的一场硬仗。因为散煤燃烧对环境的污染非常大，所以市政府要求要让农村的老百姓也用上清洁能源，传递出首都北京对于空气治理的坚定决心。

李雅兰在回忆当时进行的农村"煤改气"攻坚行动时说："我们积极发挥了党员的力量和党小组的力量，一个党员就是一面旗帜，一个党支部就是一个战斗堡垒。我们也派出了很多'煤改气'的助理，派驻村代表、派助理去加入到这个战役当中。到11月份的时候，外面的天已经很冷了，如果还是通不上气的话，那老百姓就会挨冻。我们的办事人员到村里，有的时候也没有地儿住，我们自己的职工就把睡袋带过去，为了大家能够加班加点，尽快地给老百姓通上气。"

| 焦化厂 |

| 焦炉 |

| 奥运火炬燃气设备 |

"一个党员就是一面旗帜，一个党支部就是一个战斗堡垒。"这些听上去有些像战争年代的口号，让我们更加坚信一个事实，那就是只有在党的领导下，才能凝聚如此高效、有战斗力的队伍，以民为重，一马当先。北京农村"煤改气"行动的完成，对百姓而言，是福祉；对党而言，是成绩和荣耀。

北京煤炭消耗量最高峰的时候曾经达到了一年3000多万吨，数量非常之大。经过了20多年的发展，天然气等清洁能源逐渐替代了燃煤，现在北京市一年的燃煤量只有100多万吨，这样一个数量上的巨变使得今天的北京能见得到这么多的蓝天和白云。

2017年底，北京农村"煤改气"的决胜行动取得了全面胜利，北京城六区以及南部平原地区基本实现无煤化。家家户户不见炊烟起，只闻饭菜香。从曾经的"APEC蓝""阅兵蓝"到今天的"常态蓝"，北京用了20多年的时间基本实现了天朗气清，向人民交出了一份优异的答卷。当然，造成大气污染的因素有很多，彻底治理需要时间，需要综合施策，久久为功。

随着北京天然气运行管线、天然气供应量的迅速增多，陕京二线工程、六环路天然气一期工程、天然气市内应急工程、四大热电中心配套项目、北京城市副中心分布式能源项目等一系列重要工程相继建设完成，北京的天然气使用量已经跃居世界第二，天然气真正成为首都的"生命线"能源。

北京是一个特大型城市，又是一个能源输入型城市，百分之百的能源都需要由外省市来输送，于是能源输送的保障对北京来说至关重要。基于这样的需求，北京建设了一个强大的天然气供应体系作为外围保障。同时，为了保障北京能源的供应，北京市燃气集团在天津、河北等地建设了液化天然气的储气库。在夏天用气量少的时候，把气存进去，到了冬天用气多的时候，再把气从地库中取出，以此来提高能源利用效率，满足北京市冬季调峰的需要。

| 陕气进京施工现场 |

| 陕甘宁天然气进京市内配套工程衙门口门站 |

| G20对话交流 |

| IGU主席竞选 |

随着全球经济的高速发展、北京国际化大都市进程的加快，首都的能源企业在战略发展上展现出更大的格局。IGU（International Gas Union）是全球燃气行业中最具权威性的国际组织，由来自92个国家和地区的164个政府部门、行业协会和企业组成，代表了全球97%的天然气生产和消费市场。历史上，从来没有中国人来领导过这个组织。2017年10月，在日本东京举行的IGU主席竞选中，李雅兰当选2022年至2025年任期主席，北京获得2025年第29届世界燃气大会主办权。因IGU在国际燃气行业的巨大影响力，中国举办一次大会，是老一辈燃气人想都不敢想的事情。周昌熙听说了这件事以后，激动地说："到时候我就算坐着轮椅，也得去看看。"

李雅兰表示，中国从原来跟随者的身份转变为今天的承办者，相当于成为这个行业的引领者。中国的燃气行业如今站在了世界能源舞台的中心，责任重大。IGU这个组织最早是由欧洲人成立的，到2021年已经有90年的历史。历史上，中国人从来没有成为过这个组织的领导者，所以我们现在既然成为这个组织的主席，就要领导这个组织在未来更好地发展，按照它的章程规定和规则要求，去服务组织的会员、服务这个行业，然后在全球发声，以期促进能源的可持续发展，促进社会的可持续发展。

2020年，伴随着门头沟区的大台煤矿等5座煤矿全部关停，600万吨煤炭产能全部退出，北京千年采煤史就此画上了句号。半个多世纪以来，全球天然气工业保持了强劲的发展势头，2020年天然气在世界一次能源结构中所占的比例为30%左右，预计到2040年，天然气将超过石油成为世界第一大能源。

秋去冬来，又是一年供暖季。如今，北京采暖季的供气有序、充足、稳定。作为事关千家万户的民生大事，2020年的北京，在11月15日正常启动供暖。按照北京一直以来的惯例和相关规定，采暖期为当年11月15日至次年3月15日。如果遇到特殊情况，也有"看天供

暖"的时候，比如当日平均气温连续5天低于5摄氏度，或是遭遇强降雪等极端天气，就有可能提前或是延长供热。

上午8点多，测温员敲响了通惠家园惠生园张女士的家门。从寒冷的室外一进门，一股暖融融的气息立刻扑面而来。测温员站在客厅正中间，掏出测温仪按动按钮，没一会儿工夫，就固定在了22度的数值上。

北京市热力集团有限责任公司客户服务中心主任何迎纳表示，客户服务中心是北京热力集团从生产型企业向服务型企业转变的一个标志性单位，近10年间，服务中心一共受理了居民百姓诉求300万件左右。截至2020年冬天，北京热力的供热面积占全市的35%左右，在这种情况下，北京市热力集团建立了客服团队，并且形成了"四个一"的服务标准，即一分钟派单、十分钟回复、一小时上门、一次性解决。

天然气的稳定供应在保障北京能源安全和城市运行中发挥着至关重要的作用。能源基础设施行业是一个非常辛苦的行业，员工们不管是工作日还是节假日都要在岗，保证随时可以出现场，全天候准备应对燃气事故等特殊情况。在冬季取暖高峰的时候，更是需要坚守和付出。燃气工作者经常说自己的职责是安全、服务和保障，这三种责任无论哪一个对千家万户来说都是非常重要的。对于燃气工作者来说，需要每时每刻都想着自己的工作，想想有哪些风险点，有哪些工作必须得要求到位，有哪些工作又必须得做到位，只有这样才能保障北京这个城市更好地运转。国企的担当神圣而又艰辛，从业者的责任十分具体而又沉重，只有置身其中才能深刻体会。首都燃气工作者的用心奉献，守护了千家温暖，燃旺了万家炉灶。

看似简单的焊接工作，却是多个工种中最考验个人技能和综合素质的一项。全国五一劳动奖章获得者、北京市燃气集团有限责任公司高压管网分公司工程一所班长张海军从事焊接工作，厚厚的焊工专用

第十一章　温暖一座城

工服有时会被1000多摄氏度的铁水烫穿,手上、胳膊上有时也会被焊渣烫伤,但是张海军觉得这一个个伤疤就是一枚枚军功章,他因此而感到骄傲。

张海军在接受采访时说:"北京城市燃气管网的铺设条件都挺复杂的,城市周边有河道的、有地下的水电气热的那些管网,更加错综复杂。而且还有城市排污的管网,都挨着,有时候我们的管网旁边就是排污点,它有味儿,但是没有办法,咱们就是这个环境,得克服。特别是河道改造的那个管网,旁边的这些泥啊、水啊,都在你身边,都在流动着,就得克服这些困难,有时候半个身子都在泥坑里也得焊、也得干。"

如今,人们用气取暖、做饭已是家常便饭,而习以为常的背后,是首都许许多多奔忙在一线的劳动者们,他们辛勤地保障、默默地付出。北京市燃气集团有限责任公司高压管网分公司运行三所副所长赖海江是北京燃气大动脉的守护者之一,承担着首都燃气设施的安全运行维护以及供气保障任务。与曾在北京焦化厂工作的父亲赖福全一样,20多年来,赖海江扎根班组、埋头苦干,父子两代人同获全国五一劳动奖章被传为佳话。让"劳模二代"最引以为傲的是,如今,由他带领的高压管网运行班组被誉为"全国安全管理第一班"。

为了不影响城市的正常运行,赖海江班组往往在深夜时分为北京的地下燃气管网"把脉"。从夜阑人寂到晨曦微露,首都的"夜行者"们度过一个个不眠之夜,睡在办公室已经成了赖海江的日常。

面对这样的一份工作,赖海江直言:"燃气行业的安全是重中之重的,是不允许出现一丝问题的。我们集团有一句话,之前大家都爱说万无一失,但是我们现在提得更多的是一失万无。所有的三十、初五、十五,我们晚上都要巡视,没有办法和家人团聚过节。其实我更想通过我的这些话,能有机会让大家都知道,让咱们老百姓都认可。

您在家用火煮饺子的时候,能想到是燃气职工在付出,是我们放弃了和家人团聚的成果。这样一来,责任更大了,但是做好了以后,也觉得自己的那份荣誉感更强了。我们保障的不仅仅是北京、是首都,保障的更是中国的大国形象。我觉得这其中有我们的一份功劳,这能带给我发自内心的那种自豪感。"

2020年,北京全市优质能源比重达到了98.1%,清洁能源保障能力显著增强,多源多向燃气供应体系不断完善,城镇天然气管线达2.8万公里,天然气消费量190亿立方米,全市基本实现清洁供热。

如今,在这座充满魅力的城市里,有许许多多普通的一线工作者,坚守着初心,不畏严寒酷暑,在平凡的岗位上温暖了一座城,共同创造了一座不平凡的城市。北京,为生活在这里的人们敞开温暖的怀抱,也撑起理想的蓝天。

从蜂窝煤到新能源,从能源驱动到工业生产,从服务转型到智慧支撑,能源是北京发展的底气。在新的时代,能源被赋予新的意义,清洁、安全、智慧……生态宜居的北京,正在引领中国能源变革发展的新未来。

札 记

北京实现了无数普通人的理想,也因那些普通人的共同创造,成就了一座伟大的城。

北京人用炉火燃旺了对生活的热情,从烧煤炉到使用天然气取暖做饭,百姓便捷生活的背后,是许许多多一线劳动者们默默的付出。每个重要节日,他们总要牺牲与家人团聚的时间,坚守在自己的岗位。北京这座城市不断演进的背后,是无数普通人的一同托举,他们中有本地人,但更多的是来自五湖四海

第十一章 温暖一座城

的外地人,他们在工作和生活中,渐渐融入并吸收了北京的文化与气质。

在北京生活的我们,总会有一种感觉,唯有自己不断成长,才配得上这座城市,北京于我,是平凡生活中的英雄梦想。

张 欣

大 城 北 京 百 年 成 长 记

1921
—
2021

第十二章

穿在身上的百年历史

一个国家真正的服饰文化的发展,要看它的底蕴、看它的文脉,北京的服饰文化的底蕴、文脉,是最雄厚的,它支撑和引领着我们国家的服饰文化的走向,甚至服饰文化产业的走向。

公元1911年,即清宣统三年,也是中国农历的辛亥年,北京正经历着翻天覆地的历史变迁,民主共和的理念极大地推动了中华民族思想的解放。很难想象,能将这份震撼力和影响力述说清楚的,竟然是一件衣服。当我们从服装这个视角开启北京城一百年的诉说,可以说这是一部穿在身上的百年历史。

清末民初,上海的南京路还是一条偏远的马路,在近西藏路口处开有一家西服店——荣昌祥呢绒西服店。一天,有一个人走进了这家店,想让"荣昌祥"的创始人王才运设计制作一套独特的服装。这套服装既不能是西装,也不能是中国传统的对襟马褂或者长衫,因为它肩负着一个见证重大历史转折的使命,它就是1912年1月1日,孙中山在南京宣誓就任中华民国"临时大总统"时要穿的服装。这也是现在我们并不陌生的"中山装"的起源。

有关中山装的灵感来源众说纷纭:有的人认为它参照的原型是南洋华侨的服饰,有的人认为它是来源于英国猎装,还有很多其他来源的说法。据与孙中山比较接近的属下描述,他从孙中山先生的箱子里找到一件英国猎装,中山装曾以此为基础做设计。种种灵感源汇聚在一个使命里,于是第一版的中山装诞生了!

| 早期七粒扣的中山装 |

| 改良后五粒扣的中山装 |

服饰是时代文化与人最近距离的沟通,孙中山认为只有它能够承载起这份重要责任。中山装伴随着时代的变革和需要,从诞生到成型也经历了一个过程。最终,中西合璧的中山装诞生了,既有学生装的儒雅,也有军服的庄严。

中山装的造型颇为讲究:前身四个口袋,表示国之四维,指治国的纲纪——礼、义、廉、耻;门襟五粒纽扣,指中华民国区别于西方三权分立的五权分立,即行政、立法、司法、考试、监察;袖口三粒纽扣,右手代表平等、自由、博爱,左手表示三民主义,即民族、民权、民生;后背不破缝,表示国家和平统一之意;胸前口袋盖子的灵感来源于中国古代文人所用毛笔的笔架,不但连接了传统文化血脉,也向世界宣布以文治国的理想。

中山装伴随着20世纪初期的风风雨雨而问世,简便实用,更传达了时代发展的方向,既传承了东方文明,又以开放的心态接受了西方风尚。它也鲜明地开启了中国服饰的中西合璧发展之路!

1949年10月1日,北京天安门城楼上,毛主席向世界人民宣布:中华人民共和国中央人民政府,今天成立了!而他身着的中山装成为新中国标志性的服装。

1956年4月13日,《北京日报》披露消息:为适应首都人民改进服装的需要,上海20家服装店208名红帮裁缝迁往北京。据北京红都集团有限公司党委书记、总经理王京龙介绍:"当时为了解决北京人民做衣难的问题,在周恩来总理的关心之下,把上海一些服装厂,包括总共208个裁缝调入北京。进入北京以后划归在中央办公厅财务科下面一个服装加工厂(中央办公厅特别会计室附属服装工厂),这就是红都的前身。当时红都集团有三大任务:一个是为中央首长制装；一个是为驻华使节制装；一个是为出国人员服务。这是红都的三项重大任务。"

1956年8月，毛主席的秘书找到中央办公厅特别会计室服装加工部，说要给毛主席制作一套中山装，要用于拍摄标准半身像。

北京红都集团有限公司高级技师高黎明在回忆其师傅田阿桐制作这套中山装时，仍然非常激动："那时候是1956年，大概是八大（中国共产党第八次全国代表大会）准备要召开，那时候领导单位指示要给主席照个标准相，因此要给主席做一套衣服，当时田师傅接到这个任务后特别地激动，跟我说他晚上根本睡不着觉。因为他从来没有做过这种服装，心里有些忐忑。"

高黎明还记得："毛主席的身材比较魁梧，田师傅在裁剪的时候，考虑的因素比较多，希望能让主席穿着时既舒服，还要特别精神，特别整齐。当田师傅做好这个服装以后送到主席那，主席穿上以后特别喜欢这套服装，所以在以后的很多重大节日或者活动时都穿着这套中山装，并且还穿着这套中山装照了一张标准相，就是我们现在看到天安门广场悬挂的伟人相。"

时至今日，毛主席穿着这件中山装的标准照还一直悬挂在天安门城楼上。毛主席在出席公开场合时，经常以一身中山装示人，所以西方媒体称这款中山装为"毛式中山装"。

从此，历任国家领导人都会定制中山装，穿出中国领袖的风采。同时，中山装也成了老百姓的向往。

王京龙说："在改革开放初期，到红都来制衣都需要拿着部级的证明。后来随着改革开放，红都也面向了广大市民，当时有很多的市民到红都来制装，以拥有一套红都的服装为荣。我们从上海208位师傅进京一直到现在，一代一代都在传承，不光是在制作上要传承下来，对服装追求完美的精神也要传承下来。"

中山装是我国服装史上一个非常值得纪念的时代符号。2007年英

| 红都制作的中山装 |

国《独立报》评选"影响世界的十大服装",中山装排在第一位。

20世纪五六十年代,这是一段激情燃烧的岁月,全国各地掀起了轰轰烈烈的社会主义建设新高潮,人们对新时代的憧憬,对未来的向往在行为方式和着装上都体现得淋漓尽致:布拉吉、军装、列宁装陆续在北京的大街小巷出现,成为那个时代特有的精神风貌和"文化符号"!

当中国男人的服装从中山装逐渐过渡到毛式制服的时候,中国的女人穿起了"老大哥"的姐妹服装——布拉吉。布拉吉是俄语的音译,就是连衣裙的意思。布拉吉是苏联女英雄卓娅英勇就义时所穿的衣服,成了革命和进步的象征,是苏联红军的全体恋人"喀秋莎"所穿的衣服。

在那个年代里,全民冬蓝夏白,灰蓝黑绿,集体主义美学占据着人们审美的中心。

1979年,北京的冬天,空气里依然包裹着一丝寒意,人们对美的向往和冲动,在一个法国人的聒噪下,得到了释放。此时,人们通过刚刚打开的改革开放之门,开始了解世界在穿什么,思想的解放必然导致审美的绽放!

北京民族文化宫坐落在北京长安街西侧,飞檐宝顶冠以孔雀蓝琉璃瓦,在这个独具民族风格的特殊建筑里,举办了中国有史以来第一场国外品牌时装展示会。法国著名设计师皮尔·卡丹亲率12名法国姑娘在这里举办了一场时装发布会,让国人第一次感受到国际时装的魔力。"皮尔·卡丹"这个品牌在之后很长一段时间里成了人们身份的象征,可以说它是国人认识的第一个国际大牌。

20世纪80年代,国门打开,外面的世界使国人眼花缭乱,中国

女性开始以审视和怀疑的目光打量自己的穿戴。一部叫《大西洋底来的人》的电影风靡一时,之后,大家就跟着电影里的角色戴蛤蟆镜、穿喇叭裤。受流行文化的影响,爆炸头、超短裙、bling-bling的水钻、豹纹和夸张的金属首饰在北京街头成为寻常物。20世纪80年代是一个新事物、新观念不断孕育成长的时代。北京城的时尚观念也发生了翻天覆地的变化,那也是我们永远不会忘记的"80年代"——我们曾经的时尚。

时代要求中国开始全球化发展,文化也开始了交融,人们在保留自身文化心态和追求的同时,更多的是要融入世界潮流中。改革开放后,大众对新鲜事物的追求格外明显,而最显而易见的还是服装。20世纪80年代中期,全国掀起了西装热,而在北京,顺美西服挺立潮头,红极一时。

北京顺美服装股份有限公司原董事长刘玉凯追忆道:"新加坡美都纺织品有限公司的老董事长,1984年受国务院邀请来参加中国的国庆大典观礼。他就向北京市经贸委提了一个想法,说想在中国投资,但是不知道做什么。当时北京市经贸委的主任就跟他讲,说'你是做纺织品的,做丝绸的,那干脆我们就成立一个合资的服装企业吧'。最后大家就一致决定生产西服,不过在生产西服的这个过程中出了点小插曲,中方很多人觉得我们可以从中国找一些老师傅,外方和纺织品进出口公司就提出来:不行,我们既然要生产西服,就一定要生产地道的、原汁原味的西服,中国这些老师傅们做的西服不行。到最后大家达成了共识,就生产地地道道、原汁原味的西服。那一阵,出国人员、留学生,就职找工作的、结婚的,心心念念想着买一套顺美西服,穿顺美西服那简直就是荣耀。虽然价格比其他的西服都贵,300、400块钱,400、500块钱,要说现在听上去很便宜了,但在那个年代,400、500块钱已经不得了了,工资才100多块钱呀。"

"西服的出现和社会化，与改革开放的大背景脱离不开，服装是体现民族文化或者社会文化非常明显的外在显示。"刘玉凯对西服文化有着独特的解读，他回忆当年，"我们在一家日本企业的大堂里等着见客人，看见一个客人带着很多工作人员，穿的是国际名牌的西装，还带着袖标。我是做服装的嘛，就忍不住说：同志，您最好把这个袖标揭掉。他很疑惑地看着我说：我这个是名牌啊，为什么要揭掉？我说：这个袖标只是在销售的时候为了识别方便，它只是一个识别的标志，穿的时候是不能带着它的。客人疑惑地说：那，那等我回去再揭吧。他还是舍不得揭。"

20世纪80年代末到90年代初，西服席卷全国，西服产业的发展迅速蓬勃。至今，中国人对于西服的认知已经从原来的外在形式发展到内在，已经穿出了品味。如果从个体的角度去理解，西服是时代变迁中人们心理的一种深度反应，服装的变化，表达了人们对改革开放更大的向往和对未来的笃定。

四

开放的大门越开越大，对于人们精神面貌体现最明显的莫过于服装的多元性，莫过于对身份仪表、东方气度的崇尚。而新时代的发展，又对服装提出了新的要求。

李文爽，一名服装设计师，每天上午，她都会来到她的服装工作室，打开音乐，倒上一杯咖啡，开始她的思考，将一脉相承的中国文化与当代审美结合是她一直追求的设计理念。她作为法·法品牌创始人这些年一直在想一个问题，就是怎么把传统当中的东西跟现实生活相结合。"从民国时期开始，五四运动之后，我们的文化一直是向外看的，向海外看、向西方看，向先进的学，但在这个过程中，我们其实放下了很多文化当中传统的东西，甚至摒弃掉了一些东西。最近这些年,大家对传统文化的回归呼声很高,说中国人要穿自己的衣服。于是,如何将好的传统与当代时尚更好地结合,是我这些年一直都在思考的问题。"

2008年北京奥运会,中国运动员以崭新的服饰面貌亮相,奥运会服饰的整个设计都充分体现了中国的传统文化。郭培是北京奥运会颁奖礼服的设计师。一袭优雅的东方长裙配上恰到好处的传统刺绣,让世界人民领略到了东方文化的当代风采。郭培对这次设计经历仍记忆犹新:"奥运会对中国服装、服饰的发展是一次非常大的推动,在这之前,世界对中国的服装、服饰,尤其是时尚,认知并不多。当我接到这个任务,内心特别激动,心里想终于等到了。虽然并不多的设计,却经历了将近10个月,反反复复地斟酌。这个过程,我觉得是我一生中最难忘的设计经历,不是因为设计出的衣服漂亮得让我怎么样,而是这种历练的过程,是我脱胎换骨的一个很重要的过程。也就是说,一个设计师可以从小我到大我,甚至到忘我,这是我成长的一个关键时期。现在我走到世界各地,我都会特别骄傲地说我最爱的是北京,无论我在巴黎还是在纽约,还是在米兰,在任何一个大家都觉得很美、很有文化、很有历史的城市中,我也觉得它们比不了北京,这是真心话。所以我的作品受着整个北京文化、北京城的影响,北京城给了我很大的一种格局。"

时光带不走褶皱,流水更带不走坚持。服装,往小处看,是个人的审美,往大处看,承载着家国风貌。

2014年,APEC领导人欢迎宴会在国家游泳中心"水立方"举行。参加会议的各成员经济体领导人身着中国特色服装抵达现场,受到隆重热烈的欢迎,并拍摄了一张具有浓郁中国特色的亚太大家庭"全家福"照片,其中服装的设计深受世界好评。

主持本次APEC会议领导人服装设计的是北京服装学院原院长刘元风,他回忆说:"2014年APEC会议领导人服装设计的主题定为'各

| 2008年北京奥运会颁奖礼服 |

美其美、美美与共'。另外我们还定了一个基本的设计原则，就是古为今用、中西合璧、合而不同、面向未来，是这样一个大的设计思路。"

APEC会议领导人的"新中装"，对外彰显了大国形象，对内吸引了人们对传统文化的关注。

"这一次会议，应该说对我们国家中式服装的发展，中华服饰文化重新找回它的自信、自强，起到一个里程碑式的作用。APEC的服装承载着丰富的内涵，文化的、经济的、科技的等等，都糅在了21个经济体国家领导人的服装当中。"时至今日，仍然能感受到刘元风老师带领着设计组，是在一种文化自信的状态下出色地完成了设计任务的。

"新中装"由此兴起，男装设计中蕴意丰富，正面的门襟设计了两层，里面是方边的，外面的圆边的，意为天圆地方；衣摆是传统刺绣的海水江崖纹样，由云水山石构成，意为福山寿海，江山永固，纳万物之胸怀，体现当代中国人开放包容、容载万物的精神和气度……

北京服装学院副教授、2014APEC会议女领导人服装设计师顾远渊回忆说："可能在大家的刻板印象里面，中国服饰还是旗袍、唐装这种概念，但是通过这次亮相，让大家开始思考，中国的传统服装，它是可以有当代特点的。"

"新中装"的呈现，对于在世界舞台上展示中国新形象，对于中华文化的对内凝聚、对外传播，都产生了积极的作用。

"一个国家真正的服饰文化的发展，要看它的底蕴、看它的文脉，北京的服饰文化的底蕴、文脉，是最雄厚的，它支撑和引领着我们国家的服饰文化的走向，甚至服饰文化产业的走向。"刘元风说。

文明，体现在一个民族每一个人的每一件服饰上，越来越崇尚中国文化和自身个性化是时代发展的趋势。坐落在北京城东边的

| 2014年APEC会议领导人服装设计效果图 |

| 2014年APEC会议欢迎晚宴女领导人服装设计款式图之一 |

| 楚艳作品 |

| 楚艳作品 |

751D·PARK北京时尚设计广场是北京时尚的风向标,引领中国时尚流行趋势、与世界对话的流行趋势发布平台"中国国际时装周"每年在这里举行两次……

2014APEC会议男领导人服装设计师、楚和听香品牌创始人楚艳,一直致力于中国传统服饰的文化研究及美学表达,她说:"关于中国的美到底怎么表达?是不是只有用一个非常明显的所谓的中国符号才可以表达,才可以让人感受到中国的美?我们通过对中国美学的深入探索,发现中国人表达美的方式是非常含蓄的、形而上的,它更愿意去呈现这种超越形式之上的精神上的诉求,就好像盐之于水,只得其味而不见其踪。我们也一直秉承着'知来处,明去处'的设计理念,所谓知来处,一定是对传统文化要有一个深度的理解,就是要真的知道它的这种美学精神的至高境界在哪里,到底什么是能够代表我们中国的文化高度的东西。还要有一个开阔的国际视野,对世界上最新的时尚资讯,还有新的技术,包括新的一些生活方式,我们都要了解,因为我们毕竟活在一个开放的、自由的新世界里面,所以既不能够陷入到历史当中去,同时还要深入文化历史的海洋去汲取那些可为今天所用的精华,把这两者结合起来。"

服装作为时代的符号,传达了人们对国家的认知和与世界对话的态度。回望一百年,我们很庆幸能够站在北京,去感悟穿在身上的历史,无论是传统匠人指尖上的技艺,还是当代工业化的中国品牌、中国制造,穿越历史始终不变的是中国人民仍然在用手中的卷尺丈量着这个民族的传承精神和创新意识。服装作为典型的时代符号之一,它直接传达着人们对自己国家的认知和与世界对话的态度,更加坚定了开放的步伐。

札 记

我在服装行业从事媒体工作已近20年,没想到有机会客串了一次电视制作。幸运的是第一次"试水",就赶上了一个重要的历史时刻,一次与众不同的大制作。

尽管服装与时代是同呼吸共命运的关系,但如何以电视的视角去展现服装在过去100年里的变化,体现中国这个国家、北京这座城市100年的发展历程,这对于一脚踏入这个行业的我来说,是一次巨大的挑战。

策划初期,本来是想着用这"满腹专业"挑战一下电视,没想到一上来就被电视扼住了喉咙,如何找到电视的视角去解读服装百年成了我的难题,惯性的专业思维反而成了我的障碍,一直找不到北。后来在总导演和各位资深编导的帮助下,终于理解了《旗帜》想要的"服装"并非装,而是这100年中人与时代的关系,而服装只是体现人与时代最近距离的表达。

当我放下20年的专业所学,完全沉浸于电视的表述方式、思考维度和叙述结构时,一个陌生的领域在我的眼前打开了,这个领域神秘而又多维。电视不像文字般会给人留下巨大的想象空间,而是将声、光、电多维而综合的画面传播给受众,尤其是要用电视的魅力去引起观众的共鸣和情感认同。历经漫长而艰难的制作,不断地思考、选择、拍摄、捕捉、取舍……

对于我来说,这是一次实实在在的跨界思考、跨界体验,用跨界的方式让自己拥有大世界、大眼光,并用多角度、多视野去看待问题和提出解决方式,是一个有趣的过程。虽然经历了很多技术难题,但我仍然深刻感受到跨界中最难跨越的并不是技术,而是观念之界。在这次跨界体验中,在电视人这里

第十二章 穿在身上的百年历史

"借智"是我最大的收获。

这应该是一次人生的洞见,我想,人生的丰富也正如此!

邹志萍

大 城 北 京 百 年 成 长 记

1921
—
2021

第十三章 百年商业：繁花似锦满京城

商业的兴衰往往可以反映国家民族的兴衰，商业兴，则国家兴；商业衰，则国家衰。且政治必然腐败。纵观北京百年商业史，就是一部起伏不定的兴衰史。伴随着战乱、政权的更替，北京的商业从百年前的停滞、混乱，逐渐地恢复了活力，一步步地走向了今天的繁荣，显示出了巨大的活力！这一切，正是因为新中国的成立，印证了『凡政治修明者，商业必盛！』

商业的兴衰往往可以反映国家民族的兴衰,商业兴,则国家兴;商业衰,则国家衰。且政治必然腐败。纵观北京百年商业史,就是一部起伏不定的兴衰史。伴随着战乱、政权的更替,北京的商业从百年前的停滞、混乱,逐渐地恢复了活力,一步步地走向了今天的繁荣,显示出了巨大的活力!这一切,正是因为新中国的成立,印证了"凡政治修明者,商业必盛!"

1990年10月23日,《北京晚报》头版刊登了一篇文章,题目是《新中国第一面五星红旗的诞生》,作者是宋树信。文章写道:

1949年,9月29日,我接到一项紧急的任务:为开国大典制作一面特大号五星红旗,我在公司里找到了做旗面的红绸子,就是找不到做五星的黄缎子。

我骑车跑遍了市里所有的布店,整整一天都没有找到,急得我火急火燎,夜不能寐。第二天一早我赶到了全市最大的绸布店瑞蚨祥,请他们找了两小时,才找到一卷3米多长的黄缎子。可当我把布交给裁缝时,才发现黄缎子只有1市尺多宽,做最大的五星根本不够宽。经上级同意,我们在大五星的一角接了一个尖。

10月1日下午3点,30万人参加了天安门广场的开国大典,我也站在队伍中。当毛主席按动电钮,新中国第一面五星红旗冉冉升起的时候,全场沸腾,我的视线全被泪水挡住了……

如今,这面国旗由中国国家博物馆陈列和保存。而宋树信老先生现已故去,当年他29岁,是一名党员干部,受命采购这面红旗的面料。这个故事不仅道出了新中国给人民带来的当家作主的幸福感,更道出了饱受战乱之苦,一穷二白的新中国那段艰辛的起点。

从金中都、元大都到明清时期,京师之地素来就是一座商贸往来的重要城市。京西古道上的阵阵驼铃与大运河上此起彼伏的声声汽笛遥相呼应,通州的水路、门头沟的陆路与穿行天南海北的富商贵胄,给京城带来了源源不断的商机。单从至今仍保留下来的一个个地名,我们便能听出京师商贸的繁荣:粮食店街、骡马市大街、珠宝市、缸瓦市、蒜市口、磁器口、灯市口,等等。尤其是耳熟能详的前门大街,更是繁华至极,仅金融机构就有100多家。

然而,近代以来,先是鸦片战争,再有八国联军入侵,后有日寇的铁蹄践踏,加上反动政府统治和官吏腐败,尤其到了解放战争时期,国民党日薄西山,垂死挣扎,不顾百姓死活,极尽剥削,更是让北平社会经济濒临破产。粮油等生活必需品严重短缺,工厂停工,商业萧条,国民政府滥发金圆券,北平市场物价飞涨——1948年后发行的100万元金圆券还买不了一捧米。百姓生活难以为继,越发陷入恐慌之中。北京京商流通战略研究院院长赖阳说:"1948年的时候,北京市工商注册的、登记的商业网点大概是78000个,其中服务业有2万个,从业人口大概有30万,但基本上都是小商小贩,没有大型现代化的商业设施。在临近解放的时候,物价飞涨,整个北京的物资供应都存在问题。"

1948年，作为北方经济文化中心的北平，正面临着重大的历史转折。为了和平解放北平，中共中央在付出一切努力促成和谈的同时，中共北平地下组织就已经开始为稳定物价、恢复生产、整顿金融做着大量的准备工作，其中就有专门保障供应的部门。赖阳说："当共产党接管北京市之后，马上就组织了大量的物资进京，提供生活物资的基本保障，并且设立了若干个国有的物资保障贸易公司，有的是直接从华北地区迁入，然后改名发展起来的，随之也建立了专门管理商业的行政管理体系，来保障整个北京市场的繁荣。"

据不完全统计，从1948年底至1949年7月，中共中央向北平市场调拨供应粮食达13790万斤，另有棉布14万匹、棉纱11万件。从1949年2月开始，军管会金融处完成了11个行局、43个金融单位的接管工作。3月15日，中国人民银行北京分行正式成立，北京市的银行基本恢复了正常工作，人民币取代了金圆券，在北京顺利流通起来。一场没有硝烟的经济战在悄无声息间取得胜利。时任北平市军事管制委员会主任叶剑英就指出："我们进城后，一切政策之实施，工作人员的言论行动与负责人之讲话，皆与人民对我党的认识息息相关，他们把北平当做共产党能否统治全国、能否管理城市及工商业的测验。"

赖阳认为，从解放军进城到新中国成立，到1952年，主要是恢复正常的经济秩序。第一是通过国有渠道组织解放区往北京输送粮油米面等基本生活必需品，保障民生，老百姓不要饿肚子。第二是解决劳资纠纷问题。第三是通过金融的渠道发放贷款，让企业有资金流转，维持正常的运营。第四就是相应地出台一系列减免税收税费政策，让企业不再负担过去民国时候过高的税负，有一个更好的良性的发展环境。第五就是把国有的很多资源分配给相应的民营企业，让他们去做末端的服务体系。

通过稳定与人民生活最为相关的生活物资的价格，广大民众认识到：人民政府是实事求是，为人民服务的政府。毛主席曾说：平抑物价、统一财经，其意义不下于淮海战役。

到1952年，新中国实现年度财政收支平衡，物价稳定，标志着恢复国民经济的目标已经实现。1953年1月1日，《人民日报》发表元旦社论，宣告中国开始执行第一个五年计划。从此，首都北京的经济建设翻开了崭新的篇章。

建章立制，循序而进，新中国经济社会发展高歌猛进，高潮迭起。北京的工商业也迎来了新的发展阶段。1955年9月25日上午9点半，位于王府井的北京市百货大楼，举行了盛大的开业典礼，早已等候在门口的人们像潮水般涌入大楼。全国劳动模范王涛1987年进入百货大楼工作，他回忆当时的情景说："大门刚一开，人们就像潮水似的哗就涌进来了，人挨人、人挤人。来到这儿就想看一看百货大楼到底什么样、卖什么东西。"

在新中国成立的第六年，以北京市百货大楼为首的体现社会主义新时期的第一批大型国营商业体陆续建成，这是我国第一个五年计划期间首都社会主义经济建设中的一件大事。北京市民表现出令人意想不到的购买力，百货大楼开业当天，顾客达到16.4万人次，当日销售额达到30.9万元。据当年百货大楼的工作人员回忆，那一天，光顾客挤掉的鞋子他们就捡了三大筐，被誉为"新中国第一店"。

跟随王涛走进曾经的百货大楼，王涛介绍说："那时候一楼是卖食品、烟酒、日用百货，二楼主要是毛衣毛线、纺织面料等，这些都是当时卖得最火的商品。三楼呢，主要就是钟表、收音机、高级毛料，还有一些照相器材等。"

这个时期，消费的热情从老百姓的心中喷涌而出，国营百货商场成为满足人民追求美好生活愿望的第一场所。"为人民服务"，是党中央在困难时期筹集资金建设北京百货大楼的初衷。大楼建成后，为了更好地服务于民，北京市政府调集了500余位零售行业的年轻精英进入百货大楼工作。张秉贵就是其中之一，他1955年到百货大楼担任售货员，后来成为新中国商业战线上的一面旗帜。1957年被评选为北京市劳动模范，1978年获得北京市"特级售货员"称号，1979年荣获"全国劳动模范"称号。他那令人称奇的"一把抓""一口清"技艺，一度成为行业标杆；他那永远笑对顾客的暖心服务，曾让多少人对百货大楼、对北京心存念想。作为窗口单位，张秉贵也成为北京服务业的时代楷模。北京市百货大楼张秉贵纪念馆的讲解员说，当时糖果柜台每天都是里三层外三层的，为了缩短售货时间，张秉贵把80种糖果每一种糖果的价位都熟记于心，这样就减去了回头看价格的时间。最后，他每接待一位顾客的速度从原来的3分钟缩短到1分钟。在北京市百货大楼和平果局采访时，一位市民回忆说："张秉贵那时候站柜台上，都想上他那儿去买糖果，一抓准。"不少市民买糖，为的是亲眼看看张秉贵的绝技。1978年夏天，全国财贸大会在北京召开，张秉贵作为全国劳模出席会议，78岁的作家冰心先生借此机会三次深入采访张秉贵，便诞生了《人民文学》上那篇广为传诵的报告文学《颂一团火》。冰心在结尾深情地呼吁："让我们都来接过这一团火！让我们都来赞颂这一团火！"为人民服务的火种在新中国和平的土地上燃烧，人民在每一个平凡的岗位上挥洒着自己的青春和热血。

就在人们沉浸在百货大楼带来的欢愉时，一列从上海出发的火车上同样热闹非凡，来自上海紫罗兰、湘铭、云裳、华新四家理发店的68人，带着烧水锅炉、理发转椅等一应俱全的理发工具奔赴北京。赖阳说："第一个五年计划期间，一个是新建了很多大型的高水平的商业网点，另一方面也引进一些其他优秀的品牌、优秀的人才、优秀的经营团队，整个提升了北京的商业服务业水平，其中最多的就是上

| 20世纪50年代的北京市百货大楼 |

| 张秉贵（右一）|

| 中国照相馆 |

| 四联美发店 |

海,像知名的老字号,餐饮有致美斋。四家最知名的上海理发馆的师傅在这儿共同建的理发店,所以起名为四联。中国照相——最好的照相馆,从上海迁入,很多领导人的标准照都是由中国照相来承担的。还有就是很多的服装企业。"

1956年6月,周恩来总理提出"繁荣服务行业",将21家服装、理发、照相、洗染、餐饮等一批服务企业从上海迁至北京。在王府井、前门、西单三大商业区陆续出现了中国照相馆、四联美发厅、普兰德洗衣店、蓝天服装店等令北京市民耳目一新的新招牌。这些上海品牌的到来,提升了北京整个行业的服务标准,为首都服务业的发展注入了新鲜的血液和活力。

从1949年到1959年,北京市政府通过公私合营、统购统销、自建、引进等多种方式,迅速恢复了城市的经济活力,推动形成了新北京商业的雏形。北京市百货大楼、东安市场、西单商场、东四人民市场四大商场支撑起了那个时期北京商业领域的门面,人们熟悉的新街口百货、西四百货商店、菜市口百货等40多个中型商场遍布在居住区周边,在物资匮乏的年代承担起老百姓的日常寄望。

1978年,决定党和中国命运的十一届三中全会胜利闭幕,实现了党和国家历史上的又一次伟大转折,开启了改革开放和社会主义现代化建设的新时期。

1980年,北京翠花胡同的一家小餐馆登上了国外的报纸,美国合众国际社报道说:"在中国共产党的心脏,美味食品和私人工商业正在狭窄的胡同里恢复元气。"

悦宾饭馆是改革开放后第一家个体餐馆,饭馆创始人告诉我们:"我上班骑着自行车,还没上去呢,背后有三人就说,现在资本主义复辟了,你看前面这个人没有,他们家开饭馆了,这是资本主义复辟急先锋。"不得不说,新生事物的出现总是会受到一些非议和揣测,这家被称为中国个体餐馆第一家的悦宾饭馆也同样经历了这样的忐忑时期。就是一张特殊的营业执照,让这家小小的餐馆永远地留在了中国经济发展的历史节点上。

在赖阳看来,当时最大的矛盾是供给不能满足需求,国家进行了一些改革开放的尝试。他说,这些新开的商家,打破了过去物资流通层层批发的僵化体系,而是自己根据消费者需求到相应的产地直接进货,使得很多南方的优质产品流通到北京,活跃了北京的经济,让市民生活也得到了极大的丰富。

在四十多年前,所有对外营业的餐饮门店都是国营的,且数量极少,普通老百姓下馆子不是一件容易的事情,但这种局面即将被一个又一个体餐馆打破。悦宾饭馆的郭培基回忆当时的情形说,来的人比大栅栏还多,推着自行车,骑着走不动,仨一群俩一伙,往那个饭馆看。

1979年4月,国务院首次提出恢复和发展个体经济。第二年,中共中央明确指出,允许个体劳动者从事法律许可范围内,不剥削他人的个体劳动。今天,大大小小的餐馆遍布北京街头,下馆子也已成为人们生活中司空见惯的事情。

1979年的一部短片《广开就业门路》记录下了当年北京街头青年人创业的情形。随着知青返城,再加上有大量的待业青年,就业逐渐成为一个难题。个体经济的放开,让这些年轻人多了一条谋生的路。到1980年底,北京市在册的个体工商户已达到2834户,从业人员3018人。赖阳说:"当时除了民营企业之外,很多街道办事处为了支持知青返城创业,也成立了集体所有制的一些商业,包括设置一些摊商的网点,让他们可以摆摊来经营。著名的大碗茶就是这个时期发展起来的,从街头卖大碗茶到盛大碗茶的茶馆店铺。前门有一个老舍

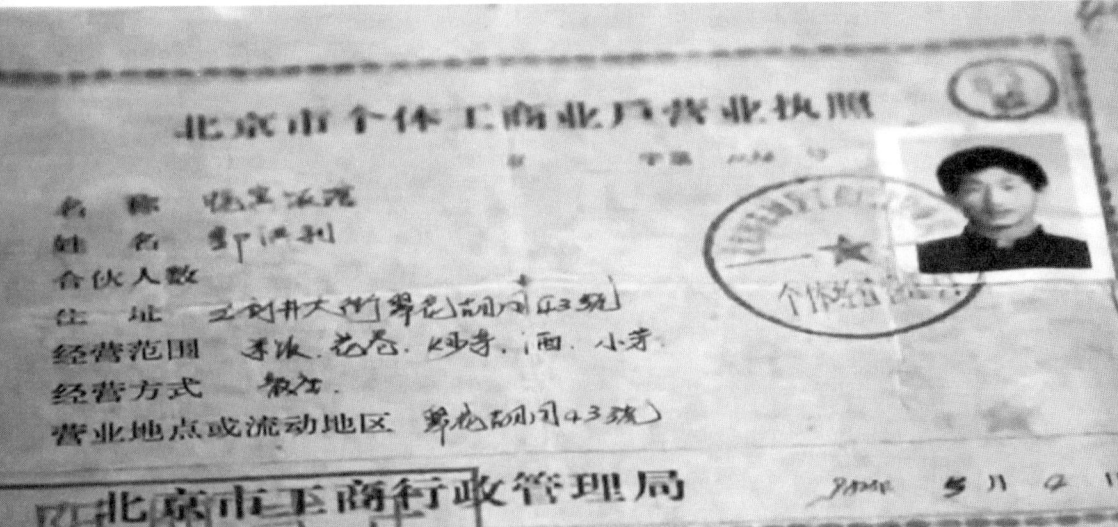

| 悦宾饭馆老执照 |

茶馆，现在成了北京文化旅游的地标。

依旧是1979年，北京还有一处地方成为外国记者的关注点。有国外媒体这样报道处于王府井金鱼胡同的四联美发店："北京排队最长的地方是理发店，在城市新时兴的是卷发和电烫发型。"北京街头这些看似不那么起眼的变化，在今天看来都是中国改革开放大潮中的一朵朵浪花。随着时代的发展和社会的进步，中国人民开始关注生活的品质，外表的美丽和情感的抒发。

这个时期，人们工作之余最热衷的事情就是置办家当，尤其是自行车、缝纫机、全钢手表，俗称"三大件"。在果局，我们采访了一位老北京市民，他感慨说："买自行车要凭票，单位有票，看谁最需要就给谁。那时候我很幸运，我路远，最需要一辆自行车。大概是一百多块钱，那就很紧张了，能节省一百多块钱出来买辆自行车很不容易，很不容易。"石景山区模式口村的一位市民也提到："缝纫机我早就买了，因为那时候——七几年，有孩子了，老买（衣服）也不行啊，你也没那经济，我就自己做。孩子小时候的衣服我都自己做，包括现在我也喜欢做这些。"王涛回忆说："第一台电器就是收音机。我小的时候家里买了一台叫红叶牌的收音机，是我的宝贝，晚上守着这收音机听小喇叭节目，一早上起来也守着收音机。"

到了80年代，情况大不相同了。随着人们生活的好转，抢购的商品也在不断发生变化。刚开始是老三大件，手表、自行车、缝纫机，到了80年代是新三大件，冰箱、彩电、洗衣机，那个时候买这些商品都要凭票。王涛说："有些顾客为了能够早点买上票上的商品，大楼一关门就来排队，一排就是一宿。那个时候在百货大楼门前排队的人成了王府井大街一景儿。"从老三件到新三件，现代化的生活方式悄然钻进了人们的心里和生活里。

著名导演鲁晓威回忆说："当时的黑白电视机占主流，而且没有遥控器，咔咔咔咔，用拧的，拧8个台。在城市里，黑白电视机当时的普及率是78%上下。当时我们刚刚开放窗口，海外的电视剧，像巴西的电视剧，特别是日本电视剧已经占领了我们市场的70%。国产电视剧供不应求，可是电视台不像现在，节目这么丰富，几乎处于断档的状态。那么拍一部戏先满足人民群众，用我的话来说，就是满足我爹妈吧。我妈要看电视，老说，你能不能拍点我看得懂的，拍咱们自己生活的吗？于是我们就制定了一个原则，贴近实际、贴近群众、贴近老百姓。就以现实生活为基础，拍了一部长达50集的连续剧。"9英寸的黑白电视机在大众娱乐生活匮乏的年代，承载了老百姓业余生活的大部分时光。一部讲述老百姓自己的故事的电视剧《渴望》，在中国形成了万人空巷的盛况，成为一个时代的神话。鲁晓威说："当《好人一生平安》的曲子一起，定点去看电视。98%，几乎是妇孺皆知，收视率达到了空前乃至绝后的这么一个程度。"电视剧的声音夹杂着孩童的嬉闹声从胡同里悠悠传出，电视让80年代的北京市民找到了一些夜生活的趣味，晚饭之余围坐电视机前收看连续剧成为大多数家庭的生活习惯。

1985年1月2日，《人民日报》上的一篇文章为北京的"夜经济"打了一针催化剂。《北京当是不夜城》一文用八个字概括了北京当时的商业现状——"气象万千，诸多不便"，具体表现为购物难、吃饭难、住店难。20天后，北京市政府下发一号文件，提出"加速发展第三产业解决人民生活几难的几点意见"，拉开了北京城市现代化升级的序幕。赖阳回忆说："我印象很深，在西单商场门口就做了西单夜市，夜生活也更加丰富了，出现了大量的小吃夜市，老百姓生活更丰富多彩了，而企业的经营时间也更加灵活了，夜间大家出门之后有啤酒广场，有了夜间营业的小吃一条街，有了商场门前的经营的服装、鞋帽、夜市等等。"在他的记忆中，东华门小吃街很有名气，人们在这里可以品尝到特色小吃。一片片亮起来的灯火，一个个有人气的夜市，让北京的夜晚不再冷清，吸引着更多人走出家门，享受工作之余的休闲时光。

1987年11月12日,中国第一家肯德基在前门落成,三层楼能容纳500人,店门前排起了长龙。赖阳说:"到80年代末、90年代初的时候,国家的经济不仅是自己(内部)繁荣起来,而且跟世界经济的交流也越来越密切了。标志性的就是肯德基的进入,它是新中国成立后第一家进入北京的'洋快餐',消费者排长队到那儿就餐也成了一种流行的生活方式,也带动了国内快餐企业新模式的尝试。当时出来香妃烤鸡,还有其他类似的快餐品牌。"原北京二商集团有限公司副局长王永福还记得当时的盛况:"人满为患。大家当时都没见过这种东西,都非常新鲜。它(肯德基)在前门,麦当劳是在王府井口那儿,这两大快餐店进入中国,轰动效应非常大。我去体验了一次,没排上队。"

"洋快餐"在北京的走红,不仅让老百姓换了口味儿,更是对传统商业的一次震荡。改革开放带来的冲击在商业上显得尤为快速和深刻。王永福说:"当时为了改善购物的条件,市政府的领导就要求北京市二商局能够借鉴国外的先进销售模式,办15个超级市场,办10个快餐厅。二商局跟澳门的一个公司进行合作,通过他们把这种先进的经营技术,还有设备引到京华自选商场来。""自选商场"的出现是对消费者购物观念的一次极大冲击,让人们第一次知道还有一种买东西的方式叫"自选"。但很快,这种由副食店改造而来的自选商场被更为成熟的模式所取代。

1992年,在斯坦福大学深造的张文中意识到祖国的巨大变化,他认为学者参与市场经济的浪潮已经来临。年底,他便回国创业,北京第一家具有现代化规范的超市即将诞生。张文中说:"我在美国待了一段时间之后,感受到硅谷创新创业的这样一股热潮,也看到中国经济发展有巨大的潜力。我自己回国之后也是搞计算机公司,我们为零售企业开发了一套叫管理信息系统的这样一个新的帮助企业提升效率、

| 肯德基开业 |

改善消费者体验的软件。但是在当时,大家可能并不是太认可。所以在1994年底,我就决定了要开一个示范商场,来证明我这个系统、我的软件、我的技术创新是有用的,这就是当时物美的来历。"物美刷新了人们对购物模式的既有认知,开放货架、自主选购、价格亲民,甚至不用带现金,刷银行卡就能结账,新的模式引来了众多的消费者。张文中说:"采用了POS系统之后,消费者在商场里选购,选购完了自己到收银台结账,大大地改善了消费者的体验。我们这个商场可以说是一炮而红,当时在北京大街小巷引起了轰动。这个商场位于万寿路一带,但是老百姓源源不断地从通州、顺义、大兴都赶过来。"

　　仅一年时间,物美超市的销售额就突破了亿元大关,然而,真正让物美处于风口浪尖的是1998年收购北京石景山国营菜市场的事件,整个业界为之震动:民营公司真的可以"胆大"到收购国有资产吗?古城菜市场经营好的时候是当地的重点企业,也是北京的大菜市场之一。但是到了1996年、1997年的时候,日销售额才不到一万块钱,有160来个职工,非常困难。张文中说:"在这种情况下,我们提出改变经营模式,区政府就决定把每年亏损巨大的企业交给我们。但是一石激起千层浪,一说我们要接这个企业,职工开始反应还很强烈,说这个事不行,说'我们被物美接管了,以后就没保障了'。我们第二天就用了两辆大轿车把大家请到商场去看,大家就觉得很震撼,商业还可以这么做的。不少职工就开始买东西了,这便宜,买回去点。原来那种抵触情绪逐步就化解了。另外我们也讲清楚了政策,现在大家工资都发不出来,如果我们一起努力呢,可以比原来挣得更多,所以思想就逐步统一了。我记得特别清楚,开业的第一个春节,当时石景山区的区委书记索连生到店里去慰问,我和他一起去的,他就问我们一个员工,说'你感觉怎么样?'她说现在感觉很好。'收入多了吗?'她说比原来多了一倍。其实所有的创新、所有的这些发展,都是和时代紧密连接的。"2006年,《财富》杂志写道:"如果您想看一下零售业的未来,建议阁下省去造访沃尔玛的时间,为您自己买一张前往北京的机票,去看看物美。"

国有、集体、个人所有制商业主体并存,外资、合资,多种控股形态大量出现,这正是改革开放给北京带来的多元融合。伴随着新世纪的到来,北京的国际化大步向前,北京市民体会到了前所未有的商业大繁荣。

北京,新中国的首都,以它独一无二的特殊地位做出了表率,在这片土地上诞生许许多多"我国第一":

第一个国有现代化大型百货商店——北京市百货大楼,

第一个个体经营户——悦宾饭馆,

第一个开出连锁店的百货集团——东安集团,

第一家上市的商业企业——天桥百货,

第一个中外合资零售商业企业——燕莎友谊商场,

第一个拥有黄金经营权、黄金交易所会员资格的零售商,更是全球黄金销售店王的企业——菜百,

以及2020年以177亿元的销售额问鼎全球的"店王"SKP……

一百年,凋敝的北平城已淡出人们的视野,在中国共产党的领导下,隆隆前行的时代列车载着中国人民驶过苦难的岁月和物资匮乏的年代,奔向充满希望的前方。车窗外不停变幻的风景,让人目不暇接,北京地区的生产总值从1949年的2.8亿元跨越到2020年的3.6万亿元,而这仅仅用了70年。今天,北京正迈着大步向未来奔跑。800年的古都风情魅力犹在,国际大都会的色彩与气质又现新姿。

晨曦微露,朝阳升起,新的一天开始了,首都机场早已忙碌起来,伴随着改革开放的深入,这里每天往返于世界各地的国际航班明

显增多。首都机场的繁忙带动了北京东长安街沿线及周边地区的发展,从20世纪80年代起先后兴建了建国饭店、长城饭店、中国大饭店、贵友商场、赛特购物中心等多家中外合资饭店和商业配套,这些高耸的建筑成为当时北京城高端生活的象征。

在建国门附近,北京的老居民都还记得,20世纪50年代的大北窑一带是烟囱林立的"工业区",聚集着北京第一机床厂、红星二锅头酒厂等40多家国有工厂。但这种情况在20世纪80年代中期开始发生了变化,中国国际贸易中心在这里惊艳亮相,大北窑地区从"工业"向"商贸"的转型,成为北京城市功能转型的时代缩影。赖阳说:"在80年代北京的城市规划中就已经提出要建现代化中央商务区,当时规划的地方是大北窑这个区域。随着城市的扩大和发展,工业外迁是一个必然的趋势,这里的大量工厂外迁也是一个必然的调整方向。"

由"工业经济"转向"贸易经济",城市的气质发生了巨大的变化,曾经以蓝灰色为主的自行车大军已不再是城市的风景线。随着一片片老厂房的推倒重建,这里逐渐成为西装革履、手持大哥大、腰别BB机的商务人士的云集地。赖阳说:"第一个基础性的项目就是国贸中心,建成之后成为国际企业、国际贸易企业的枢纽,而随着它们的入驻又产生了蔓生效益,带动了周边其他地区现代化的酒店、现代化的写字楼、现代化的各种商务设施的逐渐涌现。"在导演鲁晓威眼里,这个变化不仅仅是黄瓦红墙、绿水蓝天、白鸽,还出现了玻璃大楼、摩天大厦,这种现代和过去的交错使得这个城市的人,也开始有了自己的fashion,就是时髦。

商贸往来的频繁,加速了城市生活的节奏,人们不再满足于电报、书信的沟通方式,及时沟通的愿望显得迫切而必要。电话,成为那个时期家家户户最抢手的物件。在20世纪90年代,装电话对北京市民来说,就一个字:难。一位老北京市民回忆说,北京安电话就那么难,老推,8月份推到9月份,来了三次。中国社会科学院经济研

| 老大北窑 |

| CBD夜景 |

究所所长杨松还记得，他那时候住的是一个独门独院的小区，只有传达室有一部电话，有事的话电话就打到传达室。传达室的师父就在楼下喊，谁谁谁有电话来了，来接一下。他说："有个电话的话，沟通起来还是方便一些，所以尽管很贵，大家都还是踊跃地排队，想去安装一部电话。"那时候家庭安装电话，首先要申报，要排号，等很长时间。另外是初装费很贵，杨松说："我印象当中非常清楚，我安装的第一部家庭电话当时花了5000多元。"

家庭电话迅速成为一种新的社会消费时尚，人们就像当年抢购电视机一样踊跃，出现了前所未有的电话消费热。1984年，北京私人住宅电话仅有800户，到1992年增长了140多倍，成为全国省会城市市话普及率最高的城市。

为了解决市民电话入户的问题，北京提前两年在16800平方公里的区域内建成与全国乃至世界连通的市郊统一本地程控电话网，北京电话用户数量迅速上升。到1996年5月8日零时，北京地区固定电话号码升至8位，到1998年北京电话用户达到559万户。曾经梦想的"楼上楼下，电灯电话"的现代化生活成为现实。

改革开放带来的巨大冲击和社会变革，当然不止一个电话，比电话影响更深远的非科技莫属。

在位于北京西北部的永定河故道，金元时期，这里逐渐成为京城的园林风景区；到了清代，由于三山五园的营建，这里便成为皇家园林区和朝廷的第二政务区；民国时期，清华大学和燕京大学在园林旧址上建立起来，为这里增添了浓厚的学术氛围。新中国成立后，随着中国科学院在这里落成，一大批为新中国科技发展做出杰出贡献的科学家们云集于此。他们的存在，让这里成为全国科技界心向往之的学术高地。

有"中国硅谷"之称的中关村，曾经是北京西北的一片庄稼地，从新中国建立伊始，这里逐渐褪去了村落的样貌，成为新中国最重要的科研文教区，一批知名科学家来到中关村成家落户，使中关村渐渐

| 粮食供应证、大哥大等已成为历史的记忆 |

汇入时代的画卷之中。

1978年,中国的"改革元年"。3月,5500多位科学技术领域的代表会聚在人民大会堂。这是新中国成立以来召开的第一次全国科学大会,无数人迎来人生中的"第二个春天"。

邓小平发表重要讲话,他说:四个现代化,关键是科学技术的现代化。没有现代科学技术,就不可能建设现代农业、现代工业、现代国防。他指出:科学技术是生产力,这是马克思主义历来的观点。现代科学技术的发展,使科学与生产的关系越来越密切了。科学技术作为生产力,越来越显示出巨大的作用。现代科学为生产技术的进步开辟道路,决定它的发展方向。一系列新兴的工业,都是建立在新兴科学基础上的。当代自然科学正以空前的规模和速度,应用于生产,使社会物质生产的各个领域面貌一新。社会生产力有这样巨大的发展,劳动生产率有这样大幅度的提高,靠的是什么?最主要的是靠科学的力量、技术的力量。知识分子的绝大多数已经是工人阶级和劳动人民自己的知识分子,是工人阶级自己的一部分。

邓小平说:"我愿意当大家的后勤部长。"这句话温暖了广大知识分子的心。

著名作家马识途记录下当时的情景:

"科学技术是生产力"——热烈的掌声;"科学工作者是劳动者"——更是热烈的掌声;"你们是无产阶级的一部分"——极其热烈的掌声;"我愿意做你们的后勤部长"——极其热烈而持久的掌声。

86岁高龄的中国科学院院长郭沫若在书面发言中写下了这样的祝词:

第十三章　百年商业：繁花似锦满京城

> 这是革命的春天；这是人民的春天；这是科学的春天；
> 让我们张开双臂热烈的拥抱这个春天吧！

在当时，我国科研人员基本都在大学任教，研发成果多数在形成论文后便没有了下文。通过走出国门，与国外大学深度学习交流，让科研人员看到了研发成果的另一条出路，即转化和应用。20世纪80年代初，陈春先、王洪德等一群科研人员成为第一批"吃螃蟹的人"，民营科技公司相继出现，为未来中关村的发展和走向探寻了一条新的道路。北京市社会科学院副院长、研究员赵弘评价说："这些知识分子还有一种强烈的责任感，要用知识推动科学技术的进步，用科学技术来推动国家的富强、民族的复兴。特别是陈春先这一批早期的知识分子下海创业，开始了科学技术怎么转化为生产力这么一种追求的探索。所以这个地区的意义就在于，如果我们说小岗村是在当时的环境下对人民公社制度的一种挣脱和一种探索、一种改革的话，那么中关村就是对我们当时传统的科研体制的一种反思和探索，打破了原有的科研体制，开始下海创业，开启了我们国家科学技术改革的序幕。"

1978年12月，影响中国命运的十一届三中全会在北京召开，以此为标志，中国正式迈入改革开放的历史新时期。杨松说："受改革开放政策的鼓舞和影响，当初陈春先正好也去美国考察了几次，回来以后他就决心在中关村做一些探索实验，想走一条把科技和经济社会发展相结合的这么一条路子，探索叫新技术扩散的这么一条路子。这个想法得到当时中央包括区里面一些领导的大力支持。很快在1980年10月份，他就创办了中关村第一家民营企业，叫北京等离子学会技术服务部，这应该讲是中关村第一家民营企业。所以我们现在纪念中关村改革开放40周年，首先想到的就是陈春先，他是下海第一人，

敢为人先的第一个人。"

　　这是中关村混沌初开的时刻，在这里每天上演着与抉择相关的故事。冒险、革新、思辨，满腔热情的知识分子在这里"摸着石头过河"，将这里变成了中国科技革命的"试验田"。京海、科海、四通、信通，这就是在20世纪80年代叱咤中关村的"两通两海"。1987年，中共中央联合调查组进驻中关村，并提交《中关村电子一条街调查报告》，随后"电子一条街"的名字被全国人们所熟知。杨松说："中关村电子一条街是在当时国家改革开放政策的鼓舞下，加上当时中关村所在地区的中科院、北大、清华这些高校的一部分科研人员率先走出院所，冲破传统体制的束缚，解放思想、下海创业，这么慢慢创办起来。最开始中关村主要是做贸易、加工，就是把国外的一些电脑配件通过贸易的方式来到中国、来到北京，在中关村大街进行组装、销售，所以讲，当时的中关村的发展、技术路线走的是一条贸、工、技的技术发展路线。"

　　市场经济在这里起到了决定性的作用。从1983年的11家科技企业发展到1987年的148家高科技企业。随后，1988年5月，经国务院批准，我国第一个国家级高新技术产业开发区——北京新技术产业开发试验区成立，中关村正式诞生。这里成为最具生命力的创新创业风暴的中心。赵弘说："开拓一条市场经济的新路子，这个路子怎么开拓？就像我们物理学用一个金属外壳把一个区域罩起来，各种辐射源就辐射不进去，我们也是采取这个办法，用试验区的形式把这个区域和外部的计划经济相对隔离起来。在这个体制内，我们'两不四自'，即不要编制、不要经费，完全自主招工、自主经营、自负盈亏、自我发展。如果没有这样一个试验区给它隔离开来的话，寸步难行。所以说试验区建立的初衷就是要探索在计划经济条件闯出一条市场经济的新路。"

　　20世纪80年代是一个觉醒的年代，是一个创造的年代。这一时期，北京大学教授王选研发并生产出超越国际水平的第四代激光照排技术，使中国印刷业进入告别铅与火，迎来光与电的时代。

同一时期，40岁的中科院科研人员柳传志在一间传达室里开启了创业生涯，他联合科学家倪光南开创出响彻中国的"联想汉卡"，打破了"计算机是汉字的掘墓人"的谬论。联想的诞生，让中国告别了受制于人的花费巨资采购计算机的时代，让中国人民有幸赶上了信息时代的快车。

赵弘说："第一代人，钱三强、钱学森这一批，那是我们国家更早期的留学人员。那时新中国刚建立，这些人希望把他们学到的知识来为新中国贡献青春。他们付出了巨大的代价，最后回到了中国、回到了北京。他们住在中关村中科院的宿舍，开始'两弹一星'的研发、设计。第二代，是早期的创业者，老知识分子，像柳传志、陈春先等等这一批老知识分子，环境好了，就吸纳了全球的留学归国人员到这个地方来发展，百度的李彦宏、张朝阳等等，都是早期国家派出去的留学人员，然后回来到这个地方来发展，所以这个地方就出现了互联网技术。再往下走，人工智能现在又有一批更年轻的同志接上来，所以接力棒一代接一代传到今天，生生不息地在中关村发展。"

70年来，中关村群星璀璨。作为科技强国的前沿阵地，几代中国知识分子的担当与传承，让中国科技在极度落后的情况下急起直追，赶上世界科技发展的脚步，并在某些方面走在了前列。如赵弘所言："说中国创新能力强不强，首先想到的是北京，想到的是中关村。中关村某种意义上就代表中国。"

时势造英雄。新中国为知识分子施展聪明才智开辟了广阔的天地，新时代更为知识分子回馈社会、造福人类营造出充满阳光的春天。正如王选院士所说："科学成就是全人类的，不是一个人的，到一定程度，商业价值就应该造福于全人类，为全人类服务。"

五

时代改变了个体的命运,同时改变着一个城市的气韵。1994年,北京市第三产业在国民经济中的比重首次超过第二产业。1997年,北京市第八次党代会首次提出"首都经济"的战略方针,第一次将首都服务功能与经济建设统一起来。北京迎来了"制造经济"向"服务型经济"的历史转型期。这个时期,历史的落笔点毫无疑问地指向了CBD。

1993年,国务院批准《北京市城市总体规划》,明确提出在朝阳门和建国门、东二环至东三环一带,规划建设北京商务中心区。1998年,北京市规划局在《北京市中心地区控制性详细规划》中将北京商务中心区的范围确定为朝阳区内西起东大桥路、东至西大望路,南起通惠河、北至朝阳路之间约3.99平方公里的区域。赖阳说:"CBD最突出的特点就是它在国际交往、国际贸易上的优势。因为北京是国际交往中心,大量的国际机构在这儿,有大量跟国际资源对接的渠道和平台,朝阳这个区域同时又是使领馆比较多的地方,很多外国的驻京办事处也在这一带,有天然的优质的条件。"

回顾CBD的成长史,可以清晰地看到,襁褓中的CBD迎来的第一次成长期便是2001年。历经13年艰苦谈判,中国成为世界贸易组织正式成员,这给定位为商贸中心的CBD带来了前所未有的时代机遇。

夜幕降临,北京融入一片璀璨的灯火之中,车流中的CBD时刻保持着与世界的交流互通。加入世贸组织、承办奥运会,成为中国深度参与全球事务和经济全球化的里程碑。从世界范围看,服务经济的崛起正在成为一种不可逆转的潮流。北京的第三产业在近20年间得到迅猛发展,以83.5%的占比在全国遥遥领先。在又一次产业升级的时代，北京的潜力无疑具备巨大的想象空间。

2020年9月，经历过新冠肺炎疫情的极端考验之后，中国国际服务贸易交易会在艰难的条件下如期举行，来自148个国家和地区的2.2万家企业和机构通过线上线下的方式参与其中。之后，国务院发布政策通知，建设北京、湖南、安徽三大自由贸易试验区。北京自贸区实施范围119.68平方公里，涵盖科技创新片区、国际商务服务片区和高端产业片区。一系列利好政策，为北京的经济发展注入了催化剂。

在赖阳看来，整个世界经济当中，贸易发生了结构性的变化。过去更多是低端的商品贸易，我们付出的是苦力。而现在更多的是以知识为基础的服务贸易，在整个贸易体系中有更强的竞争力。北京的服务业占整个经济的比重在全国是最高的。服务贸易的提升不仅是北京经济增长的一个重要的火车头，而且也是带动国家整个服务贸易提升的重要引擎。

2021年3月，在北京751艺术区举办的中国国际时装周云集了众多的国际国内时尚品牌，同时也引来不少追逐时尚的市民。50年代工业风的旧厂房里响起了现代的潮流音乐，发布着最流行的时装，这看似穿越时空的场景在这里却毫无违和感。

历史与现代在这里通过艺术达到高度的融合，既保留了一段令人怀念的过往，又赋予这里新的生命。首钢园、北京坊、朗园、隆福寺文创园等等，这些老厂区、老街区、老校区跟随着时代发展的脚步，深度融入服务经济的大潮中。据统计，截至2019年，全市98家市级文化产业园区内的文化企业实现收入总计7828.14亿元。

曾经，高耸的烟囱是城市的符号，随着时代的发展，北京的工业气息已经融汇在新的文化形式之中。经过几次城市总体规划的修订，北京的城市定位愈加精准。

| 751时装周 |

| 798艺术区 |

2014年,北京又一次开启了重塑定位的转型之路。全国政治中心、文化中心、国际交往中心、科技创新中心被定位为城市的核心功能。这为北京的发展和管理确定了精准的风向标!"十四五"开局之年,北京肩负着引领国家服务业,扩大开放综合示范区的时代重任。

今天,年轻的一代很少有人能够再去体会父辈的那些记忆:粮票、蜂窝煤、"三转一响"、大哥大……对于新生代来说,这些事物只是存在于故事之中,但对于"50后""60后""70后",甚至是"80后"来说,这座城市记载了几代人的人生之路。

在采访中,果局的一位87岁的"老北京"告诉我们:"从小就在北京,新旧一对比相差的悬殊太大了,小时候有小时候的乐趣,但是现在我过的晚年生活更加幸福。"87岁的老人用生命亲历了新中国从无到有、从弱到强的伟大巨变。今天,生活在北京的百姓如果需要一盒鸡蛋,再也不用算算家里的副食本上还有没有配额,只要走出家门来到小区门口的便利店,或者驾车去趟超市就可以随便购买到,再或者坐在沙发上动动手指网上下单,快递就可以配送到家门口。新时代,无数普通的老百姓已经可以享受到科技智能的生活和舒适便捷的服务。

多点生活(中国)数字科技有限公司合伙人、首席营销官刘桂海说:"我们和物美1000家店,构建了一个整个北京城半小时送达的网络,这样的话,消费者就可以非常方便地去享受这个服务。在线上可以有8000个品种让大家去选择,有各种各样的蔬菜、各种各样的肉禽蛋奶等等老百姓的必需品。每个人口味不一样,所以这个丰富性是非常重要的。"多点成立于2015年,是一家全渠道零售数字平台。

截至2021年1月，多点已与110多家连锁商超达成合作，覆盖全国15000多家门店，会员总数已达1.9亿，月度活跃用户数2300万。

进入新世纪，数字化发展迅猛，从最开始的1G通话时代，到2G短信时代，再到3G图文时代、4G视频时代，乃至即将要再次改变生活的5G万物互联时代，中国消费者在亲身体验这一切的同时，也见证了中国实现的一次次令人心跳加速的超越。据《中国互联网络发展状况统计报告》显示，截至2020年12月，中国网民规模为9.89亿，手机网民规模达9.86亿，互联网普及率达70.4%。中国电商直播、网络购物用户达7.82亿，短视频用户达8.73亿，即时通信用户达9.81亿。这些数字，都在为数字化、全球化时代的全面到来铺就基石。

王永福说："现在坐在家里面给各个网下单，你就可以采购到你所希望的一些商品，不仅是国内的，还可以采到国外的，这是大家最深刻的一个体会。同时从购销方式上来讲，你也可以不用出门了，这个变化确实是非常大的，一步一步的。这是我们百姓的一个荣幸。"

在多点有一个数字作战室，刘桂海介绍说："我们需要去用数字指导工作，保障消费者的体验。"此时，数据显示多点有94000个订单需要配送到消费者手里，包括牛奶、可乐等日常生活品，订单多少，需进货多少，一目了然。刘桂海说："整个链条的效率提高了，我们才能够把售价降下来，老百姓才能真正买到优质并且低价的商品。"

今天，我国已建成5G基站71.8万个，推动共建共享5G基站33万个，连接终端超过1.8亿个，已建成全球最大的5G网络。我们正在走向未来！

中国人一向看重情感生活，世事沧桑，初心依旧。战火连天中那燃烧的革命圣火、艰难起步中那团结一心的中国精神，生活在当下的中国人将永远铭记在心。从北平到北京，这座城在不断地重塑。几十年前，谁能想到出了二环就是庄稼地的北京城，能变成今天这般绚烂的大都市？伫立当下，我们的耳边依然可以听到那京腔京韵的吆喝，但眼前却已是一番繁花似锦满京城的新景象。

前门大街历经百年依然游人如织，王府井大街上的百货大楼时尚依旧，一百年在这里好像只是转了一个身，但无论格局还是神韵，整个城市发生了翻天覆地的巨变。中关村国家自主创新示范区、北京经济技术开发区、金融街、CBD商务中心区、奥林匹克中心区、临空经济区等等，格局分布清晰明了；各具特色的商业圈四散在市民的生活区内；道路、商业打破了城区郊区的边界；互联网让每一个人都变成了地球的中心。

回眸百年，这就是我们共同生活的城市——北京。

札 记

近些年，通过工作接触了很多时代节点的重大题材，包括改革开放三十年、四十年，共和国六十华诞、七十华诞，建党一百周年等。面对这些跨时代的选题，已慢慢从最初的紧张变为如今的热爱。这些让我养成一个习惯：学会反思和复盘。在匆匆赶路的同时，有机会去重新梳理过去的路程，回过头去总结经验、教训。十几年的职业生涯里，我以拥有这些作品而感到荣幸和自豪。

记得在十多年前，我刚刚来到北京广播学院求学，周末逛街，需要坐公交车去西单，在北京图书大厦一待待到天黑。后来工作了，感觉在家附近就解决了所有购物的需求。北京就是在一年一年间发生着悄然的变化。这本书使我有机会对北京的商业及经济建设做一次全盘的整理。以商业为切入点，我看到了解放前的民不聊生——100万金圆券还买不到一捧米的混乱经济状态；我从档案馆里找到了已经泛黄的北京市军事管制委员会的历史资料，看到了中国共产党在一穷二白的历史条件下的

决心和智慧。20世纪50年代百货大楼开业人山人海的场景、20世纪70年代青年人街头创业的青涩、20世纪90年代超级市场带来的新奇等等，这些珍贵画面让我再次重走了一遍北京的商业发展之路，翻天覆地已不言而喻。当在今天的北京百货大楼果局复古街进行随机采访时，我们发现，这里聚集着二十来岁的青年人，同时也有七八十岁的老年人。其中一位87岁的老人告诉我们，他经常从通州坐车来这里转转，追忆流逝的时光。是的，这就是历史的魅力，时光易逝，但带不走我们心中的情感。

北京，是一座神奇的城市，有时会因为它的大感到压力，有时也会因为它的大感到充实。"百年商业"主要展现北京的经济建设，中关村的故事让我时常热泪盈眶。新中国刚刚成立，钱学森等一批科学家辗转回国的艰辛和决心；全国科学大会上科学家们眼含热泪地迎接着属于他们的春天；第一批敢为人先的科学家尝试下海创业时的矛盾和迷茫；一代代前赴后继的先驱们在这片热土上挥洒着青春和热血，让"中关村"享誉全球。这样的中国精神怎能不让后人感慨和学习。

这本书的写作是我生命中的一个闪光点，它不仅记录了北京城的百年发展史，同时也记录了我个人的成长和对人生的思考。两年时光，我复盘了之前的人生道路，为未来拓展出更宽的视野和更大的空间。不忘初心，不负韶华！

张 燕